科学をうたう

センス・オブ・ワンダーを求めて

松村由利子
MATSUMURA Yuriko

春秋社

はじめに

詩ごころとは、驚く心である。

日常に潜む不思議や瞬間的な美をとらえ、感動する心――それは「センス・オブ・ワンダー」と言い換えてもよいかもしれない。センス・オブ・ワンダーは自然科学者だけに備わったものではない。

私たちの日常はさまざまな科学技術に支えられており、科学の世界では日々新たな事実が発見され、新たな技術が開発されている。だから、現代を表現しようとすれば、自ずと科学的なテーマが入り込む。短歌も例外ではない。

新聞社で科学関係の取材に携わっていたころ、科学のトピックスを詠んだ短歌がいかに多いか、また、三十一文字という小さな器に広大な世界がどれほど見事に注がれているか、ということに魅せられてきた。遺伝子から宇宙まで、ありとあらゆるテーマで詠まれた歌の数々は、「いま」という瞬間を鮮やかに切り取り、地球環境や人間の歴史について深く考えさせる。

二〇〇九年七月、『31文字のなかの科学』というタイトルで、自分が新聞記者時代に遭遇したニュースを中心に、科学を詠んだ短歌を紹介するエッセイをまとめた。それから十年以上がたち、次々に新しい歌が詠まれている。

特に、東日本大震災の際に起こった福島第一原子力発電所の爆発事故、新型コロナウイルスの感染拡大を詠んだ歌は膨大な数に上る。原発利用に関する世論調査などからは決して見えてこない人々の不安や複雑な思い、パンデミックの中で揺れ惑う心情など、短歌でしか表現できないものがある。同時代を生きる歌人として、これらの歌の一部でも広く紹介しなければ、という思いが募った。

いま理系と文系を融合させる必要性が論じられているが、科学と文学とは相容れないものだと思い込んでいる人も少なくない。科学を題材にした数々の短歌を紹介することで、科学と短歌に共通するセンス・オブ・ワンダー、短歌という定型詩の奥深さ、そして私たちの生きている世界の様相を伝えたい。

科学をうたう　目次

科学をうたう

第1章

パンデミック

「生老病死」というように、人間にとって病気は避けることのできない苦しみの一つとされてきた。しかし、時代によって病気の様相は変わる。薬剤の開発や食生活の変化によって、恐れなくてよくなった病気もあれば、逆に深刻化している病気もある。

感染症の恐怖は抗生物質の登場によって劇的に少なくなったが、近年では薬剤耐性菌が増えたり、人獣共通感染症が現れたりしたことで、再び恐れられるようになっている。二〇一九年十二月に初めて報告された新型コロナウイルス感染症（COVID—19）は、世界各国に広がり、私たちの暮らしを大きく変えた。

ウイルスとは何か

新型コロナウイルスの感染拡大が伝え始められたころ、「ウイルスの増殖」「ウイルスを死滅させる」といった表現から、生き物のようなイメージを抱いた人も多かった。しかし、ウイルスが生物かどうかは研究者によって見解の分かれるところだ。

生物の定義はいくつかあり、「自己増殖する」「細胞構造をもつ」「代謝を行う」の三つを満たすことが条件とされる。ウイルスは宿主の中に入り込んで増殖することができるが、細胞構造をもたず、代謝も行わない。また、サイズもその特徴とされてきた。ウイルスの大きさは平均して一〇〜一〇〇ナノメートルなのに対し、細菌の大きさはその一〇〇〜一〇〇〇倍。細菌は光学顕微鏡で見えるが、ウイルスは電子顕微鏡を用いなければ見ることができない。こうした特徴から、従来の生物学の分野では「ウイルスは生物ではない」と見なされてきた。

生物か否かと問えばあざわらうコロナウイルス測りがたしも　沖　ななも
ウイルスは生物ぢやなく情報といふきみとわたしを包みゆく湖《うみ》　江國　梓

一首目は、得体の知れない新しいウイルスに対する恐れが、「生物か否か」もよくわからないことへの不安と重ねられている。「あざわらう」という擬人化からは、作者がウイルスに生物らしさを感じていることが伝わってくる。

二首目に登場する「きみ」は、ウイルスを「生物」ではなく「情報」と説明したことから自然科学を学んだ人ではないかと思われる。ウイルスは、遺伝情報をもつDNAかRNAのどちらかと、それを包むたんぱく質でできている。そのことをあっさり「情報」と説明してみせたあたりに理系の人らしさを感じるからだ。しかし、説明を受けた「わたし」は何だか釈然としない。最後の「包みゆく湖」は、湖面を覆う濃い霧に「きみとわたし」が包まれ、互いの姿がよく見えないようなイメージだ。

ウイルス研究も日進月歩であり、一部の細菌よりも大きなパンドラウイルスが二〇一三年に発見されるなど、従来の分類が大きく変わる可能性がある。歌の作者たちの感覚どおり、「ウイルスは生物」が定説になる日が来るかもしれない。

ウイルスに高齢者われ危険なり　宿主死なば自らも死ぬ　　伊藤　一彦

作者がこの歌を詠んだのは、パンデミックの最中、自身が七十代後半のころだ。上の句だけ読むと、読者は高齢者である「われ」がウイルスにとってなぜ「危険」なのかわからず戸惑う。けれども下の句を読むと、もしウイルス感染して宿主となった自分が死ねば、ウイルスだって死んでしまうのだから、と種明かしされる。

ウイルスの〝戦略〟としては確かに、宿主が死ぬほど強い毒性は得策ではない。たまたま変異するにつれ弱毒株が現れたケースを見れば、あたかもウイルスが宿主との共存を図ったように思えるが、それは偶然である。新型コロナウイルスの感染が拡大している中、高齢者の自分こそウイルスにとっては「危険」なのだと逆転の発想をしてみせた余裕が面白い。

溶けいだす永久凍土　蘇る太古のウイルスまばたきをして　　尾崎　由子

温暖化が進むと永久凍土が融解し、現代人にとって未知の病原菌やウィルスが活性化するのではないかと懸念されている。作者は、そのニュースに不安を覚え、「太古のウイルス」が目を覚ます様子を擬人化してみせた。

実際、フランスの研究グループが二〇一五年にシベリアの三万年前の凍土層から発見したウイルスは、増殖能力を保っていることが明らかになっている。モリウイルス・シベリカム（Mollivirus sibericum）と名付けられたこのウイルスは、直径五〇〇～六〇〇ナノメートルと細菌に匹敵する大きさで、アメーバに感染して一二時間で一〇〇〇倍に増殖し、アメーバを死滅させた。

「永久凍土とウイルス」と聞くと、インフルエンザウイルスのワクチンを作ろうと一九九七年、研究者らがアラスカの永久凍土から一九一八年のスペイン風邪で死亡した人の墓を掘り起こした話を思い出す。遺体から採取されたウイルスの遺伝子解析に成功し、スペイン風邪が今のA型インフルエンザと同じタイプだったと判明したのは快挙だった。しかし、今や永久凍土は「感染症の時限爆弾」とも呼ばれる。凍土の微生物は低温に強く、温度が上がるほど活動度が増すと見られており、どんな未知のウイルスが「まばたきをして」私たちの眼前に現れるか、不安は高まるばかりだ。

恐竜の滅亡後、ヒトとウイルスは闘ひつづけ共に生き継ぐ　　高野　公彦ウイルスの誕生は地上に生命が誕生してまもないころで、遅くとも三〇億年前には存在していたと考えられている。二億五〇〇〇万年前に出現した恐竜は、何らかの病原体に感染した痕跡が化石に残っているので、ウイルスに感染した可能性がある。恐竜が絶滅した後、数百万年前に現れた人類は、最初からウイルスと共に生きてきた。作者はコロナ禍の中、ウイルスと闘うと同時に共存してきた人類の歴史を興味深く思ったのだろう。

「ヒトとウイルス」の長い共生を示す事実として、ヒトゲノムの中に、ウイルスの持つ遺伝子に由来するものが8％も存在することが挙げられる。例えば、胎盤の形成に必要なたんぱく質は、ウイルス由来の遺伝子によって作られている。胎児を母体の中で育てることは、哺乳動物の繁栄につながる進化上の大きな変化だったが、ウイルスが存在しなかったらその進化はあり得なかったかもしれないのだ。

ウイルスは多様で、病原性をもつものばかりではない。長い地球の歴史の中で、「共に生き継ぐ」存在であることを歌の作者は静かに見つめているようだ。

感染防止

新型コロナウイルスの感染拡大は、基本的な感染症対策として手洗いが有効なことを改めて広めた。

「ハッピーバースデー」歌ひつつ手を洗ひなさい心まで洗はなくていいから　香川　ヒサ

手を洗ふ人はいささか病的に見えにき平和な時代の映画に　栗木　京子

一首目は、手を洗う時間の目安として米国疾病対策予防センター（CDC）が「ハッピーバースデー」を二回繰り返すのを推奨したことを踏まえた歌である。二回繰り返すと二〇～三〇秒になる。作者は、丁寧に手を洗うことを誰かに呼びかけつつ、「心まで」は洗わなくていい、と言う。パンデミックによって人々の日常の行動が制限され、自然な感情が削ぎ落とされてしまうことを恐れているようだ。

二首目の「平和な時代の映画」は、ウディ・アレン監督、脚本による『人生万歳！』（二〇〇九年）である。この映画の主人公、物理学者のボリスは潔癖症の気味があり、手を洗うときは必ず「ハッピーバースデー」を二回歌う。頻繁な手洗いと決まった歌を繰り返すというこだわりが、偏屈なボリスを描写するうえで効果的に使われている。

もしかすると、CDCはこの映画にヒントを得て「ハッピーバースデー」の繰り返しを推めたのかもしれない。映画が制作された当時には「いささか病的」に見えた行為が、感染拡大を危ぶむ今は誰もが日に何度も繰り返していることに、作者は嘆息するような思いを抱く。「平和な時代」はなんと遠いものになってしまったのだろう。

手を洗う行為さえ昏き医の歴史ゼンメルワイス謀殺ののち　　北辻　一展

ゼンメルワイスは一八一八年生まれのハンガリーの医師で、「感染制御の父」と呼ばれる。産後まもない女性のかかる産褥熱の原因が細菌感染だとまだわからなかった時代に、医師の手洗いによって産褥熱の発生を抑え、産婦の死亡を減らせることを実証した。

ところが、彼の功績は正当に評価されなかった。ゼンメルワイスの時代には、まだ病原菌の存在がわかっておらず、何らかの汚染された粒子が産褥熱を引き起こす、という彼の主張は否定されたり嘲笑されたりした。ロベルト・コッホが炭疽菌を発見したのは一八七六年である。この歌の作者は、こうした医学の歴史をよく知り、感染予防の基本である手洗いの大切ささえ認識されていなかった暗黒の時代を嘆く。

有効な感染症対策を提唱したにもかかわらず、ゼンメルワイスは医学界を追放され、最後は精神病院に入れられてしまう。院内で受けた暴力が原因で死亡したとされるが、歌の作者はそれを「謀殺」ととらえ、彼の死を悼むのである。医師である作者は、「医の歴史」が必ずしも光に満ちたものではないことを熟知しているのだろう。手を洗うという当たり前のことさえないがしろにされた時代があったことに暗然とする。

怖いもの多く二重のマスクして夕べ混み合ふ水素バスに乗る　　中川佐和子

不織布のマスクは、布やウレタン製に比べると微小な粒子を通さず、吐き出したり吸い込んだりする飛沫量を大幅に減らすことができる。二重にした場合の効果については、二枚のマスクの材質の組み合わせ、装着の仕方などによって実験結果はさまざまだが、心理的には一枚より安心できるだろう。

歌の作者は感染拡大が収まらない時期、混み合うバスに乗るのが怖くて「二重のマスク」をしたようだ。ふつうのバスでなく、わざわざ「水素バス」と言っているのは、作者がバス自体にも少し不安を感じているからだろうか。水素は密度が小さくて漏れやすく、爆発事故が起きやすいというイメージを抱く人も少なくない。実用化が始まったばかりの水素自動車に乗り込む不安も手伝って、「怖いもの多く」と詠んだのかもしれない。

黒死病に術もなく向かふ中世のくちばしのやうに尖つたマスク　　松本　典子

新型コロナウイルスの感染拡大が始まった二〇二〇年、パンデミックの恐ろしさを描いた小説としてカミュ『ペスト』が注目され、増刷を重ねた。ペストは致死率が高く、感染者の皮膚が内出血によって黒くなることから黒死病と呼ばれた。くちばし形のマスクは、ヨーロッパでペストが大流行した一七世紀に考案されたという。この形状になった意味は諸説あるが、悪い瘴気を吸わないよう、香りのよいハーブや花びらが詰められたらしい。

病原菌の存在すらもわからなかった中世のマスクだが、コロナウイルスの予防のためにさまざまなマスクが販売される中で、「くちばし形」と呼ばれる、立体的に尖ったマスクが人気を集めた。呼吸がしやすい、口紅が落ちにくいなどのメリットがあるためだ。

この歌は、一首全体が最後の「マスク」を修飾していると読むのが自然だろうが、上の句が言いさしの形でいったん切れると読んでも面白い。つまり、現代の「くちばしのやうに尖つたマスク」を見た作者が、もっと極端なくちばし形だった中世のマスクを思い浮かべ、当時は為す術がなかったのだけれど、今だってパンデミックはなかなか容易には収まらない……と思いながら詠んだ歌とも解釈できるのである。


「京《けい》」は眠り「富岳」の動くこの国に新型ウイルス広がりやまず　　栗木　京子

「京」は、理化学研究所計算科学研究センターに設置されていたスーパーコンピュータの愛称である。二〇一二年九月から二〇一九年八月まで運用された。「富岳」はその後継のスーパーコンピュータで、二〇二〇年四月から運用が始まったが、それはちょうど日本で新型コロナウイルスの感染拡大が始まった時期だった。

そのため、「富岳」を使ってウイルスの飛沫やエアロゾルがどう拡散するかというシミュレーション結果がニュースでよく取り上げられ、「京」以上に知名度が高まった。とはいえ、シミュレーション結果はさほど驚くような内容ではなく、正直なところ、予想の域を出ないような計算ばかりさせられる「富岳」が少々気の毒に思えた。「新型ウイルス広がりやまず」には、あれほど高性能なコンピュータを用いて感染対策に役立てようとしても、なかなか収束に結びつかないことへの失望が感じられる。

ワクチン

二〇二一年二月、米国の大手製薬会社ファイザーの開発した新型コロナウイルスワクチンが日本で正式承認され、国と自治体の連携による大規模接種が始まった。五月にはモデルナ、アストラゼネカのワクチンも承認された。

沈丁花の花のにほひになごむ日を迎へコロナのワクチン接種はじまる　細貝　恵子

つゆざむにワクチンいまだ打てぬままオリンピックの観客数きく　篠原　節子

ジンチョウゲの開花時期は二月から三月であるから、一首目はファイザーのワクチンが承認されてまもないころの感慨を詠んだのだろう。春の到来を告げる花の芳香をかいだ喜びにも増して、未知の病気として恐れるしかなかった新型コロナウイルスに対し、ワクチンという手立てが講じられたことへの安堵を感じている作者なのだ。春の日差しは、パンデミック制圧への光明にも感じられたかもしれない。

一方、二首目の作者は「つゆざむ」の季節になってもまだワクチン接種を受けられないことに何とも言いがたい気持ちを覚えている。「打たぬ」ではなく「打てぬ」というのは、接種を希望しているのに果たせていない状況を表す。集団接種が始まって数か月は、予約の電話がなかなか通じず、焦りと不安を増幅させた。六月一日からは東京オリンピックに参加する選手や指導者などを対象にした接種が始まっており、観客数の上限について議論されていた。淡々とした詠みぶりだが、「つゆざむ」という言葉からは、コロナ感染への不安とオリンピック開催への疑念がないまぜになった寒々とした気持ちが伝わってくるようだ。

感染拡大を抑える最大の切り札として期待されたワクチン接種だったが、副反応の激しさに苦しむ人も多かった。注射した部位の痛み、発熱、倦怠感、頭痛、関節や筋肉の痛み、下痢など、症状は多岐にわたった。

副反応の熱で目覚める真夜中が過ぎるのをリュージュの姿勢にて待つ　　川島結佳子

睡眠中に熱が高くなり、苦しくて目覚めた作者のようだ。ワクチンの副反応に限らないが、高熱を発すると、どんな姿勢で寝ても苦しいということがある。作者は仰向けになって寝ていたが、頭をもたげるのもつらく、ふと「これって、リュージュの姿勢みたい」と思ったのだ。寝返りをうつのも大儀で、じっと同じ姿勢だったのではないかと思うが、読む者は思わずくすりと笑ってしまう。熱に苦しむ自分を客観視し、面白がっている作者のタフな精神がいい。

伝え聞くモデルナアーム一本を肩より提げて職場に着きぬ　藤島　秀憲

モデルナ社のワクチン特有の副反応として、接種して一週間程度たってから接種部周辺が痛みとかゆみを伴って赤く腫れるアレルギー反応がある。他の製薬会社のワクチンでは見られないことから「モデルナアーム」と呼ばれている。この副反応を嫌って「何とかファイザーのワクチンを選べないか」と言う友人もいたくらいだ。

歌の作者も、周囲の知人やニュースで「モデルナアーム」のことを聞いていたようだ。実際に接種した後、自分の腕にもその副反応が現れたことをさらりと詠んでいる。腫れた腕はいつもと異なり、やや重く感じられたのではないか。まるで自分の腕ではないような「モデルナアーム一本」という表現にどきりとさせられる。「肩より提げて」から腕の重たさが伝わってくる。「着きぬ」という完了形には、ようやく、やっとのことで、というニュアンスが感じられる。

アレルギーの百貨店のような子にあれどコロナワクチン副作用出ず

平山　繁美

　ワクチンの集団接種が始まったころは、友人たちと顔を合わせれば必ずといってよいほど副反応が話題になった。「あったか、なかったか」「どんな症状だったか」「ファイザーか、モデルナか」――歌の作者が、幼いときからさまざまなアレルギー症状に苦しんだ「子」について心配したのも無理はない。

　乳幼児期のアトピー性皮膚炎に始まり、食物アレルギー、気管支喘息、アレルギー性鼻炎……と成長に伴って次々にアレルギー疾患が起こることを「アレルギー・マーチ」と呼ぶ。恐らく作者の子どもの場合もそうだったのだろう。心配した副反応が出なくて、本当によかった。

人獣共通感染症

　新型コロナウイルスは、もともと野生のコウモリが持っていたコロナウイルスが、別の動物を中間宿主として人間にたどり着いたものと考えられている。こうした動物から人間にうつる病気を「動物由来感染症」と呼ぶ。エキノコックス症やエボラ出血熱、そして重症急性呼吸器症候群（ＳＡＲＳ）など、すべて動物由来感染症である。

わざはひは人が招きし神のわざ　闇の奥よりかうもりわらふ　伊藤　一彦

コウモリはいろいろな種類のウイルスを持っていることで知られる。生息域が広く、広域を飛び回ることや、寿命が比較的長く三十年以上生きる種もいることなどが、ウイルスの変異と拡散をもたらすと見られている。歌の作者はそうした事実を踏まえ、「かうもり」が闇の奥から人間をあざ笑っている姿を描いてみせた。この歌が優れているのは、パンデミックという「わざはひ」が結局、人間の招いたことだと指摘している点だ。

動物由来感染症が増加している原因は、人間が野生生物の生息域に入り込み、コウモリや他の動物と接触する機会が増えたことである。森林伐採や農畜産業開発といった人間活動の結果、病原体が動物から人間に移行するケースが増えてきたのだ。歌の作者が「神のわざ」を持ってきたのは、パンデミックを天罰のように思う気持ちがあるからかもしれない。

マウンテンゴリラ減りゆくいきさつに食肉となること書かれをり　大松　達知

マウンテンゴリラは、絶滅危惧種に指定されている霊長類だ。生息数の減少の原因の一つが「食肉となること」と知った作者は戸惑っている。私もその事実を初めて知ったときは驚いた。

「なぜ、希少な動物を食べてしまうのか⁉」

動物由来感染症の原因の一つに「ブッシュミート（森の肉）」がある。熱帯林などに暮らす野生動物の肉のことだ。先住民たちは古くから野生動物を食べてきたが、森林開発が進むにつれ、ブッシュミートを珍しい食材として都市部のレストランなどに売ろうとする密猟者や密輸者が増え、乱獲されるようになった。

ブッシュミートとして消費される動物は、アフリカでは五〇〇種類を超えるとされる。この中にはゴリラやチンパンジーなどの霊長類もいれば、齧歯類や鳥が含まれる。これらの肉を食べると動物由来感染症にかかる危険性が高いが、そのための啓発活動や森林伐採の制限といった対策は、時間もお金もかかる。

感染症対策は、ワクチンや薬剤の開発だけで解決するものではない。動物由来感染症の増加の背景には、環境破壊やブッシュミートの問題などが複雑に絡み合っている。たとえ、あるウイルスに対する特効薬が開発できたとしても、すぐまた新たな感染症が現れる。根本的な解決に向けて「マウンテンゴリラ減りゆくいきさつ」を改善することが急がれる。

新しい生活様式

新型コロナウイルスと共にあった三年余りの間に、私たちの日常生活はかなり変化した。混雑や密集した集団を避けようとする感覚はその一つかもしれない。たった数年前の映像なのに、ぎっしりと人で埋め尽くされたスタジアムや広場の光景にびっくりしたりする。公共の空間で間隔を空けて座席にすわることにもすっかり慣れてしまった。

席ひとつ空けて映画を観る五月ふたりに透明な子のあるごとく　大森　静佳

感染拡大が深刻だったころ、映画館やコンサートホールでは「席ひとつ空け」ることが推奨された。作者は恋人と映画を観に行ったのだろうか。通常であれば隣り合った席にすわり、時に手を握り合ったりもできたのに、何だか間がすうすうする。その妙な寂しさが、目に見えない小さな「透明な子」が二人の間にすわっているみたいに、と表現したことでふっと解消された。「五月」というさわやかな季節が選ばれていることもあって、映画館が何か美しい空間として浮かび上がる。

ひとは未知のウイルスを恐れ籠もりゐつドローンに犬の散歩をさせて　松本　典子

二〇二〇年三月、ドローンを使って飼い犬を散歩させる動画がＳＮＳに投稿され、話題になった。この頃、新型コロナウイルスはまだ「未知のウイルス」だった。日本でもなるべく出歩かないように「ステイ・ホーム」と呼びかけられ、犬の散歩さえままならなかった。作者はそんな状況をディストピア的に一首に収めてみせた。かわいがっている犬の散歩をドローンにまかせ、自分は家に閉じこもる――「籠もりゐつ」と完了の助動詞「つ」を用いたことで、「籠もってしまった」閉塞感が強調されているようだ。「いったい何のための人生なんだろう」とでも言いたげな作者である。

マスクしてコロナウイルスに抗へば不要不急のものらかがやく　馬場あき子

「ステイ・ホーム」が呼びかけられた際、頻繁に繰り返されたのが「不要不急の外出は控えましょう」というフレーズだった。そう言われれば、友達とのランチも、上映中の映画を観に行くことも、急を要することではない。日課の散歩も、特に目的なく書店をぶらつくことも、今日必ずしなければいけないことではない。しかし、そうしているうちに気分は沈むばかりだった。

作者はウイルス感染を防ごうと慣れないマスクを着けつつ、「ああ、不要不急のものこそ日常を輝かせていたのだ」と思い至る。多くの人が共感するに違いない。必要不可欠なこと、緊急のことは大事に決まっているが、そうでない、その日の気分で思いついた外出や人との約束が日々の生活には必要だ。新型コロナウイルスのパンデミックは、そのことに気づかせてくれた機会だったのかもしれない。そう思って、コロナ後の時間を大切にしなければ、あの数年間が生きないと思う。

家畜の感染症

感染の拡大防ぐと健康な牛と豚なるにあまた埋めき　伊藤　一彦

作者は宮崎県に住んでいる。「健康な牛と豚」が大量に埋められたというのは、二〇一〇年四月に宮崎県で発生した口蹄疫の流行を指すと思われる。口蹄疫は、口蹄疫ウィルスによる急性熱性伝染病で、牛や豚以外にもヤギや水牛、鹿やラクダなど偶蹄類が感染する。

「健康な牛と豚なるに」——逆接の確定条件を示す「に」が、「感染したわけではないのに……」という理不尽さと悲しみを伝えてくる。このとき政府は、口蹄疫の主な感染地域から半径一〇キロメートル圏内のすべての家畜を、感染の有無を問わず殺処分する方針を決めた。国の補償対象となった農家は約一四〇〇戸に上り、殺処分された牛と豚合わせて約三〇万頭と「あまた」だった。

結句の「埋めき」は、殺処分された家畜を地中に埋める埋却処分を指す。三〇万頭もの牛や豚を埋めるためには二六八か所、九七・五ヘクタールの土地を要した。埋却の用地確保も大変だったが、掘削と埋め戻しの作業に自衛隊が派遣されるなど膨大な人手も必要だった。「埋めき」という、たった一語にこめられた重みを思う。

二十一ナノメートルのウイルスの螺旋のなかのオワーズのひかり
六百頭の牛を殺めた親指の仄かな怠さ一日を終える
白井　健康

作者は二〇一〇年六月、派遣獣医師として宮崎県で口蹄疫の防疫作業に携わった。数万頭単位の家畜を殺処分しなければならない事態に向けて応援要請が出され、全国から獣医師が集められたのである。

一首目の「二十一ナノメートルのウイルス」は口蹄疫ウイルスだ。「オワーズ」（Oise）はフランス北部の県で、宮崎県で広がったO型ウイルスの発祥地である。作者はウイルスが日本にまで広がった経緯などを考えながら、ウイルスの持つ遺伝子にあたかもオワーズでの記憶が刻印されているかのように表現した。オワーズはポスト印象派の画家、フィンセント・ファン・ゴッホが最後の二か月余りを過ごした地でもある。やわらかな響きは何か清らかな明るさを感じさせ、感染力の強いウイルスの恐ろしさとの対比が胸に迫る。

二首目は、殺処分を終えた後の複雑な思いが詠まれている。牛の頸静脈に注射する際、注射器を持たない方の手の親指で血管を押さえなければならない。何十回となくその作業を繰り返すうちに、親指に経験したことのない「怠さ」を感じたのである。その怠さは、作者の心の疲弊、麻痺した感覚をも思わせる。通常は動物たちの病気やけがの治療に携わる人が、仕事とはいえ殺処分にかかわるのはやりきれないことだったに違いない。処分された一頭一頭の背後に、こうした思いを抱きつつ手にかけた人がいたことを改めて思う。

鶏ら鏖殺《あうさつ》されし鳥小屋は生産ライン止まりてしづか　田宮　朋子

「鏖殺」は皆殺しにするという意味である。この、めったに使われることのない重い言葉によって、「鳥小屋」の異常な静けさが迫ってくる。高病原性の鳥インフルエンザが確認されると、防疫措置としてその養鶏場のすべての鶏が殺処分されることがある。感染力が強く、周囲の養鶏場にも影響を及ぼす危険性があるからだ。

しかし、「生産ライン」という語も禍々しいではないか。生き物である鶏たちの産んだ卵は「物価の優等生」として長く低価格で流通してきた。価格を下げるために、多くの養鶏農家は飼養コストを抑えようと、鶏をほとんど身動きできない狭いケージに入れ、窓のない過密な空間で飼っている。こうした状況では、鶏は十分に運動できないために健康が損なわれ、鳥インフルエンザなどの感染が一気に広がる。

二〇二二年に大手の養鶏業者が贈賄罪で有罪判決を受けた。家畜の飼育環境を向上させる国際基準「アニマルウェルフェア」を緩和してもらおうと、元農相に要望した際に現金を渡したからだった。作者は、ケージ飼いの鶏たちの命が粗末にされている現実を憂え、「鏖殺」「生産ライン」という言葉で鋭く批判している。

第2章

暮らしの中で

ありふれた日常の風景にも、不思議は満ちている。赤ちゃんが生まれ、成長してゆく過程も、歩いたり食べたりという当たり前の営みも、よくよく考えれば本当に素晴らしいことだ。人間とは何か、私とは何か、という哲学的な問いが、科学的な知識によって変化し続けていることも興味深い。

生まれる

日本の少子化傾向は進む一方だ。その原因はさまざまで、出生率低下は当分回復しそうにないが、それでも赤ちゃんは毎日生まれてくる。赤ちゃんは、そこに存在するだけで周りの人たちを幸せな気持ちにする。

バンザイの姿勢で眠りいる吾子よ　そうだバンザイ生まれてバンザイ　　俵　万智

火の文字のように両手を上げたまままわが子は眠るわたしの前に　　嶋　稟太郎

赤ちゃんは両手を上に挙げた姿勢で寝ることが多い。その理由は「全身がリラックスしているから」「手のひらから放熱し、体温調節しているから」など諸説あるが、気持ちよい姿勢だというのは確かなようだ。

わが子の誕生を喜ぶ気持ちでいっぱいな一首目の作者は、「バンザイの姿勢」を見て、赤ちゃん自身も生まれてきたことを喜んでいるように思う。「バンザイ」の繰り返しによって、幸福感が大きくふくらんでゆく。

二首目の作者は、赤ちゃんの姿勢に「火の文字」を見る。まるで小さな火のように、エネルギーに満ちた存在だと感じているのかもしれない。自分とは別の人格をもつ「わが子」に少し気圧されつつ見つめている若い父親の姿も目に浮かぶ。


〈芸術は爆発だ〉と言うようなモロー反射をにわかに見せる　平山　繁美

「ラマーズ法」とか「シムス体位」とか、妊産婦限定の語彙というものがある。「モロー反射」もその一つで、私にとってはちょっぴりなつかしい言葉だ。生まれてまもない赤ちゃんが、何かに驚いたように両手を広げたり、手足を急にぴくっとさせたりする反射を指す。生後四か月くらいになると徐々に見られなくなる。

「芸術は爆発だ」は芸術家、岡本太郎の言葉である。大きく手を広げて熱弁を振るう岡本の姿と、小さな赤ちゃんのモロー反射の対比に、ふきだしそうになる。お母さんである作者の明るさがいい。

赤ちゃんの産声せかい共通で同じ周波数にこの世ふるはす　土屋千鶴子

新生児の泣き声の平均基本周波数は、国を問わずだいたい同じという。認知神経科学の研究者らによると、妊娠四〇週で生まれてきた赤ちゃんの声帯や声道の構造は、人種による差がほとんどないからだという。そう聞くと不思議でも何でもないが、新生児がどんな時代にも、どこの国でも「同じ周波数」で泣くことを知ると、国同士のいさかいが愚かしく思えてくる。

どこの国や地域に生まれた赤ちゃんも、平穏な環境で育ってほしい。そして、たっぷりと愛情を注がれ、伸びやかに成長してほしい。作者は「せかい共通」という言葉に、そうした祈りにも似た願いをこめたのではないだろうか。「この世ふるはす」には、何だか世界中の赤ちゃんが一斉に泣いて、大きな振動を起こしているようなイメージを抱く。生まれてくる新しい世代の人たちがきっと、そんなエネルギーで世界を変えてゆくと信じたい。

誕生以前

受精からまもない胎芽期の発達は著しく、妊娠一〇週くらいまでにほぼすべての器官が形成される。たった一個の受精卵からさまざまな器官が形成される仕組みは本当に精妙で、不思議に満ちている。

ご懐妊第一週の飲酒には鼻梁形成異常のリスク　ときえだひろこ
もうそろそろ目蓋が完成するらしい胎内にひそむ二つの目蓋　島本ちひろ

一首目は「ご懐妊」という言葉でややかろみを出しているが、妊娠初期のアルコール摂取の影響が大きいのは事実だ。飲酒の適量というものはなく、作者は歌によって妊婦に広く注意を呼びかけようとしたのだろう。二首目に詠まれている「目蓋」の完成は、妊娠七週目あたりだ。歌の作者は、自分の胎内に育つ小さな存在を想像し、その成長を楽しみにする一方で、畏怖にも似た思いを抱いている。閉じている目蓋はやがて開き、外界を見る。胎児の目には世界がどんなふうに見えるのだろう。

一人の赤ちゃんが生まれてくるまでには、さまざまなハードルがある。第一のハードルは、両親が産むことを決意するかどうかだ。医学の進歩によって、現代人は以前よりも選択を迫られることが増えた。病気の治療法、がん検診やワクチン接種などに加え、赤ちゃんが生まれる前の種々の診断についても、一人ひとりの価値観が問われる時代となった。

子を選ぶ権利はあるか義務はあるかあらば金にてあがなひうるか
子を選ばぬ権利はあるか義務はあるかあらば万事をうみぬきうるか

光森　裕樹

作者は、妻の妊娠中にこの二首を詠んだ。一首目には「新型出生前診断がガソリン代程度であったら、どうしただらう」という詞書きが添えられている。

新型出生前診断（ＮＩＰＴ）は、妊婦の血液を採って胎児の染色体や遺伝子を調べるもので、羊水検査よりも身体的負担が少ないとされる。検査費用は、内容や検査機関にもよるが、十数万円から二十数万円かかる。歌の収められた歌集が発行されたのは二〇一六年十二月。このときのガソリンの平均価格は一リットルあたり約一三〇円だったから、軽自動車を満タンにした場合は四〇〇〇円程度になる。「それくらいの値段だったら、もしかしたら診断を受けていたかもしれない……」という思いが作者の胸をよぎったのだ。

出生前診断で胎児に何らかの疾患、障害がある可能性が明らかになった場合、産むか産まないかはカップルの選択にまかされる。この作者は、それは「子を選ぶ」ことではないか、と畏れを抱いた。

やがて生まれてくる赤ちゃんがどんな子であろうと喜んで迎えようと思っているのに、出生前診断の存在によってさまざまな葛藤が生じる。二首に詠まれている、どちらの「権利」も、親の権利が子の権利に優ることへの疑問がこめられている。「義務」という言葉も重く響く。第三者が「どんな重い障害があっても産み育てるべきだ」と強いることはできない一方で、「障害がある子どもは産むべきではない」と強いてくる社会も怖ろしい。二首目の「万事をうみぬきうるか」という、叫びにも似た言葉には圧倒される。親は子どもに対し限りなく愛情を注ぐが、「万事」について責任をもつことなどできない。それを支えるのは社会である。

結局、この歌の作者と妻は診断を受けない選択をしたようだ。何が善で、何がそうでないか、科学の進歩が私たちに突きつけてくる問いは重い。

遠からず奇貨と呼ばれて籃《かご》に揺れむ遺伝子組み換へではない子ども
壁のいろやソファの張り地選ぶやうにデザイナーベビー生む世のしぐれ
松本　典子

ディストピア小説というジャンルがある。ジョージ・オーウェル『一九八四年』や、マーガレット・アトウッド『侍女の物語』など、反人間的な社会や自由のない世界などを描いた近未来小説を指すが、この作者は出産が管理されるディストピアを短歌で描いてみせた。

一首目では、遺伝子組み換え技術によらずに生まれた子どもが「奇貨」――めったにない存在、珍しい宝物とされる時代が、遠からず来るだろうと言っている。そうした時代をもっと詳しく説明したのが二首目であり、インテリアショップで「壁のいろやソファの張り地」を好きに選ぶような感覚で、「デザイナーベビー」が生まれるのだという。

デザイナーベビーは、受精卵の段階で遺伝子操作などを行うことで、親が望む外見や知力を持たせた子どもを指す。国によっては生まれてくる子どもの目や髪の色を選びたいという親もおり、この歌の「壁のいろやソファの張り地」はそのあたりを踏まえた表現なのである。結句の「しぐれ」は、晩秋から初冬にかけて降ったりやんだりする雨を指し、いかにも寂しい風情を湛えた言葉だ。もしもデザイナーベビーが実現するような世界になったなら、それは人類の終わりの始まりだ……と言いたげな作者の憂い顔が浮かぶ。

歩く

ヒトの脳は、直立し二足歩行を始めたことで発達した。「足は第二の心臓」などとも言われ、歩くことは健康維持の基本であり、素晴らしい恩恵なのだ。

立ってごらん　人間の子はこうやって二本の足で世界を歩く　　早川　志織

赤ちゃんが自分で立ち、やがて歩けるようになるのは、親にとって感慨深いものだ。この歌の面白いところは、わが子を「人間の子」と客観的に見ているところにある。最初に「立ってごらん」と呼びかけつつ、「ああ、人間はこうやって立ち上がり、二足歩行してきたのだなぁ」と、遥かな人類史を振り返るようなスケール感がいい。「世界を歩く」には、やがて独り立ちして世界へ歩み出す子どもへの励ましの気持ちがこめられているようだ。

足の骨五十六個を励まして登るマチュピチュ降る降るひかり　　松本千恵乃

この歌は、作者が南米ペルーのアンデス山脈にあるマチュピチュ遺跡を訪れた際に詠まれた。標高約二四〇〇メートルに位置するマチュピチュ遺跡へは、鉄道や車で行くこともできるが、歌の作者は徒歩のルートを選んだ。「足の骨」を励ましながら登ったとあるので、決して楽なコースではないことがわかる。

足の構造は複雑で、足根骨、中足骨、趾骨、種子骨合わせて二十八個から成る。「五十六個」というのは両足の骨の合計である。その小さな骨たちを総動員してたどり着いたときの感激は大きく、降り注ぐ陽光を喜びそのもののように「降る降るひかり」と表現したのだ。

いぶかしむ君に答ふる　もつと早く歩かねば老いてしまふでせう　　稲葉　京子

この歌が作られたのは、作者が六十代前半だったころだ。高齢者と呼ばれるまでにはまだ時間があるが、老いを意識し始める時期といえる。夫はほぼ同年代だろうか。二人で散歩していて、「なんで、そんなに急ぐんだよ」と声をかけられた場面のようだ。

歩く速度は脳や体の健康と密接にかかわっていることが、いくつかの研究で明らかになっている。厚生労働省が「現在の体力の評価」の基準として年代別にまとめた表を見ると、二十代と六十代では一分あたりの歩行距離に一〇メートルの差がある。三分歩くと三〇メートル以上離れてしまう計算だ。加齢と共に歩幅も狭くなりがちなので、歩行距離が長ければ、歩幅が広く保たれている証でもある。作者がそこまで把握していたかどうかははっきりしないが、だんだん迫りつつある老いに追いつかれないよう、「もっと早く歩かねば」という思いに駆られた感じはよくわかる。

薬飲まずコレステロール値さげたるを医師に伝えずよく歩く妻　　大谷　榮男

ウォーキングは英語で"magic pill"（魔法の薬）と言われるそうで、血圧や血糖値、そしてコレステロール値も下げてくれる。もちろん、異常値を下げるための薬剤はそれぞれあるのだが、薬に頼らず正常値に戻せればそれに越したことはない。この歌の面白みは、最後の最後に「妻」が来るところにある。コレステロール値を下げたのは作者かな、と思いながら読み進むと、「妻」

が出てきて笑ってしまう。かかりつけ医から処方された薬を飲まず、その代わりせっせと歩く、しかも、その成果を医師に報告しない、というのだから、どこか負けず嫌いな性格が感じられる。夫である作者はたぶん、妻に付き合って一緒によく歩いたのだろう。「わが妻ながらあっぱれ」という気持ちもこめられているようだ。

杖つきて歩く日が来む　そして杖の要らぬ日が来む　君も彼も我も　　　高野　公彦

いつの日か自分が杖をつくようになるなど、若ければ若いほど、健康であればあるほど、なかなか想像できない。しかし、作者は「やがて自分にも杖をついて歩く日が来るだろう、そして、その杖が要らなくなる日、つまり死んでしまう日も来るのだろう」と思い描いた。私たちはともすれば目の前のことにばかり気を取られ、その行き着く先を見ようとしない。作者が「あなたにも、あの人にも、そして私にも」と語りかけるように詠んだ意図をじっくり味わいたい。

食べる

「衣食住」と言うように、食べることは生活の基本である。生き物は何らかの形でエネルギーを蓄えなければ生きてゆけない。病気を抱えると、食事内容が制限されることもある。好きなものを好きなだけ食べられるのは、なんとありがたいことだろう。

禁食の夫が食べたきものをいふ円谷幸吉の遺書なぞるがに　　秋山佐和子

「禁食」は絶食のことだ。検査や治療のために飲食が禁じられる状態をいう。この歌の「夫」は入院しており、一週間の禁食中だった。妻である作者に、回復したらあれも食べたい、これも食べたい、と、好物を次々に挙げてみせたようだ。

「円谷幸吉の遺書」が泣かせる。円谷は、一九六四年の東京オリンピックに出場し、マラソンで銅メダルを獲得した陸上選手である。次のメキシコ五輪での期待がかけられていたが、けがなどの不運に見舞われ、精神的に追いつめられて自ら命を断った。その遺書は、「おすし」「干し柿」などおいしかったものを列挙し、両親やきょうだいへの感謝をつづった、哀切きわまりない内容だ。歌に詠まれている「夫」の病気は重く、作者はつい「遺書をなぞるがに」と不吉な連想をしたのである。

大盛を食べてゐたのに並を残す　加齢とはかういふことでもある　　牛尾　誠三

何が食ひたい言はれて答容易ならず食ひたいと思ふ物がないのだ　　土屋　文明

年齢を重ねるうちに食べる量が少なくなるのは、誰もが経験することだ。活動量や消化機能の低下もあるし、高齢になると嚥下機能も落ちてなかなかたくさんは食べられなくなる。

一首目の作者は、スポーツマンだったのだろうか、かつては「大盛」を平らげていた自分が、控えめに注文した「並」も食べきれなくなったなんて、と軽いショックを感じている。かつ丼や盛りそばといった具体は示されず、読んだ人それぞれがイメージすればよい。健やかな食欲は、若さそのものである。作者は、「並を残す」のが年を取ったという証拠なんだろう、と自分を納得させているが、一抹の寂しさが漂う。「かうちふことでも」と、「も」が挿入されていることで、食べられる量が減ったこと以外にも「加齢」を感じさせるあれこれを経験していることが伝わってくる。

二首目の作者、土屋文明は一八九〇年、明治生まれの歌人である。斎藤茂吉らと歌誌「アララギ」の編集に携わり、満百歳で没した。この歌は、没後に編まれた歌集に収められており、最晩年の作品だ。食べたいものを訊かれても特に思い浮かばず、質問した人にも自分にも腹を立てているような口調に笑いを誘われるが、本人は大真面目である。存分に好きなものを食べられたら、どんなに幸せだろう、という思いがこの歌からも感じられる。

小児科医ピルケの名づけしアレルギー孫よプリンは諦めるべし　　伊波　瞳

プリンを欲しがっている作者の孫は、卵か牛乳のアレルギーがあるのだろうか。食べさせたい気持ちを抑え、幼い子どもからおいしいものを遠ざける切なさは、多くの親や祖父母が味わっているものだ。

「アレルギー」という言葉は、オーストリアの小児科医、クレマン・フォン・ピルケの造語である。異種の物質と接触することによって起こる過敏症や免疫反応を、彼はギリシャ語の「奇妙な」と「反応」を合わせた「アレルギー」と呼ぶことを提唱した。作者は食物アレルギーの孫が心配で、いろいろ調べるうちにピルケの名にたどり着いたのだろう。実に勉強熱心で愛情深いおばあちゃまである。そんな作者だから恐らく、卵や牛乳のアレルギーは成長に伴って比較的治りやすいことも心得、「今はだめだけど、もう少し大きくなったらね」と言い聞かせたに違いない。

マダニと肉そしてセツキシマブにある共通抗原は悪魔の鍵穴　　久山　倫代

セツキシマブは、大腸がんなどに使われる、がん治療薬である。そのことがわかっても、全く脈絡がないような「マダニ」と「肉」が並び、最後に「悪魔の鍵穴」なんて出てくるので、いったい何のことだろう、と恐ろしくなる。この一首は、アレルギー反応の不思議を詠んだものだ。

セツキシマブが使われるようになってまもなく、投与された際に重篤なアレルギー症状を起こすケースが米国南西部で相次いだため、ヴァンダービルト大学などが調べたところ、牛や豚、羊など哺乳類の肉に対するアレルギーも持つ人が多いことがわかった。さらに、それらのアレルギーがある人には共通してマダニに咬まれた経験があることが浮かび上がった。

マダニに咬まれると、マダニが持っている糖鎖が体内に入り、それに応答する免疫物質が作られる。この糖鎖が「抗原」であり、牛肉やセッキシマブに含まれるのと同じ抗原であることが二〇一〇年代になってから判明した。つまり、マダニに咬まれたことのある人は、肉やセツキシマブに対するアレルギー症状が出ることが多いのだ。米国やオーストラリアでの報告例が多かったが、日本でも少しずつ明らかになっている。

歌の作者は皮膚科医である。さまざまなアレルギー反応を診てきて、「マダニと肉そしてセツキシマブ」の関連を興味深く思ったのだろう。「鍵穴」という比喩は、免疫応答を引き起こす「抗原」と、それに対して反応する「抗体」との関係を表すためによく用いられる。

一体全体どうやったら、そんな偶然が生じるのだろう。まるで悪魔の仕業のようではないか――。作者のそんな思いが伝わってくる。

見る

活字中毒の私にとって、視力の衰えは何よりも恐ろしい。「老後の楽しみに」と積ん読状態を楽しんでいる本が結構たくさんあるのだ。それなのに、ふとページを開けば、活字のあまりの小ささに驚き、読む気が失せてしまったりする。スポーツや旅行と同じで、読書も読む気力、体力があるうちに読んでおかなければ後悔することになる。

読みなほす本のヒロイン若きまま年ふりつもり花眼の我居り　　涌井ひろみ

「花眼」は老眼のことである。作者の読んでいるのは、『風と共に去りぬ』や『ジェーン・エア』のような古典だろうか。最初に読んだころ、自分とヒロインは同年齢だったのに、自分の方だけ老眼に悩む年齢になってしまったという歌だ。

長い年月がたったことを「年ふりつもり」と表現し、老眼を美しく「花眼」と言い換えているあたり、若さを羨む作者ではないようだ。若いヒロインと自らを比較し、多少の寂しさはあるにせよ、今の自分を肯定していると感じる。

あたらしき水晶体を得て父は眩しみながら朝刊を読む　　倉石　理恵

「あたらしき水晶体」という言葉から、作者の父親が白内障の手術を受け、眼内レンズを入れたことがわかる。年齢を重ねると、水晶体が少しずつ濁り、見えにくくなる。濁った水晶体を取り出し、眼内レンズを入れる手術で、「世界が明るくなった」と思うほど見え方は劇的によくなるらしい。

「眩しみながら」からは、手術後まもない父がくっきりとした見え方に感激しつつ新聞を読む様子が伝わってくる。「朝刊」という言葉によって、父の新たな日々と、一日の始まりの明るさが重なり合う。その明るさは父を見守る作者の心の明るさでもある。

鑑真に思ひをはせし白秋のこころの闇を目を病みて知る　外塚　喬

中国唐代の僧、鑑真は、日本を目指して十二年間のうちに五回出航したものの、いずれも失敗に終わり、六回目にやっと来日を果たした。疲労のあまり失明に至ったとされている。北原白秋は一九三六年に唐招提寺を訪れ、鑑真和上坐像を見た際に彼の心境に思いを馳せる歌を詠んだ。当時の白秋は糖尿病と腎臓病を患って視力の低下を自覚しており、翌年には眼底出血を起こし、ほとんど視力を失ってしまう。

歌の作者は目を病んだことで、白秋の抱いていた「闇」に深く思いをはせる。白秋の流れを汲む短歌結社を主宰する作者は、自らの眼病を悲しみつつ、晩年の白秋の心情に近づけたことを小さな慰めとしようと思ったのではないだろうか。

鳩の目のほしい朝なりくつきりと四原色で見たい草花　山本枝里子

作者はなぜ「鳩の目」が欲しいと思ったのか――。網膜には光を感じる視物質が並んでおり、ヒトの場合、赤、緑、青の三つを吸収する三種類の視物質で色を見分けている。ところが、鳥や魚など、哺乳類以外の多くの脊椎動物は視物質を四種類もつ。哺乳類の祖先は夜行性だったので暗いところで色を見分ける必要がなく、かつては二種類の視物質しか持たなかった。ヒトは後に昼行性になった際、一種類を変異させて何とか三色型になったのである。だから「鳩の目」は私たちよりもはるかに色彩豊かな世界を見ているというわけだ。

さわやかな朝、色とりどりの花の傍らを鳩が闊歩していたのだろうか。作者は生物の視覚の進化史を思い、「四原色」でこの風景を見られたら、どんなに鮮やかで美しいだろう、と想像したのである。

聞く

私たちが日々受け取る情報のうち、目から入る情報は八割を占めている。その次に多いのが、耳からの情報だ。車を運転しているときのエンジン音の異常や、電話の通話相手が風邪をひいたことに気づくなど、耳はなかなかに働き者だ。

モスキート音聴《おん》こえざる年齢となりたるわれは郊外へ住む　松木　秀

「モスキート音」は超高周波の音で、蚊の飛び回るかすかな音にも似た不愉快な人工音である。深夜営業の商業施設などで若者がたむろするのを防ぐために開発された。

耳の老化は意外に早く、モスキート音は三十代になるとほぼ聞こえなくなる。耳年齢を判別するテストが受けられるサイトを見つけ、試しに聞いてみたが、年齢相応の周波数までしか聞こえず、がっかりした。歌の作者は、もうモスキート音が聞こえない年齢になったことで、喧噪に満ちた都会から静かな「郊外」へ移り住むことを決めたという。何だかしんみりしてしまう。

耳遠き老いびとなれど大声は嫌いといえりみじかくいえり　鷲尾三枝子

高齢者は高周波の音や小さな音が聞こえにくくなるが、加齢性難聴はある一定の音量以上になると、若い人と同じか、むしろ大きく聞こえるのが特徴だという。音量変化に敏感になるためで、そういう人は小さい音は聞こえないにもかかわらず、大声や大きな物音に対する不快感が強いという。

この歌の「老いびと」もそんな症状なのだろう。言葉少なに「大声は嫌い」と伝えた本人の悲しみと、そう告げられた作者の戸惑いと悲しみが重なり合う。下の句のリフレインが、読む者の心に響き続けるようだ。

突発性難聴という厄介にわが右耳の海より戻らぬ　後藤由紀恵

突発性難聴は、突然起こる難聴で原因ははっきりわかっていない。ロックコンサートなどで大音響にさらされた場合だけでなく、内耳のウイルス感染や循環障害、日常生活のストレスなどもかかわると考えられている。治療で元通りに治る人は全体の三分の一にとどまり、あとの三分の二は、改善はしても元通りにならないか、全く治療が効かないかのどちらかという。作者が「厄介」と表現したのは、その治療の難しさを指すのだろう。

「私の耳は貝の殻　海の響きを懐かしむ」――作者はコクトーの詩「耳」を思い出したのかもしれない。「聞こえにくくなった私の耳は、海へ帰ってしまったのかな」と、自分を納得させようとする作者である。

母よ母よと呼べばよかつたさいごまで耳は生きると知つてゐたのに　池谷しげみ

聴覚は死ぬ間際まで働き続けるといわれる。医師の中には「患者さんが瀕死の状態、もしくは意識レベルが低下した状態であっても、ベッドサイドで不用意な発言をすることは慎むべきだ。

周囲の人の声や話している内容は聞こえているのだから」と話す人が少なくない。

母親を見送った作者は、臨終の際にもっと「お母さん、お母さん」と呼べばよかったと後悔している。「さいごまで耳は生きると知つてゐたのに」という言いさしの形が、深い悔いを表している。ベッドサイドにいた医療スタッフや親戚への遠慮があったのかもしれない。亡くなった後も、その悔いは作者の心を苛む。呼ばなかった「母よ母よ」という声が読んだ後もずっと耳を離れない。

匂いをかぐ

ある匂いをかぐと、それに関係する情景が一気によみがえったという経験をした人も多いだろう。嗅覚は、五感の中で唯一、感情や本能にかかわる大脳辺縁系に直接伝達される情報であり、そのため特定の匂いによって記憶や感情が呼び起こされると考えられている。こうした現象は、プルースト『失われた時を求めて』の中で、主人公がマドレーヌを紅茶に浸したとき幼年時代を思い出す逸話にちなみ、「プルースト効果」と呼ばれている。どんなに生活環境が人工的になっても、体内には匂いの情報を頼りに行動していた遥か昔の名残が存在することを思わされる。

「ますいガスはバニラのにおい」と約束せし幼な子眠るや手術前夜を　久山　倫代

病院に勤務する作者は当直医だったのだろうか、翌日に手術を控えている小さな入院患者さんに「麻酔するとき、バニラの匂いがするからね」と励ました。小児医療の現場では、麻酔薬を吸入させる際、あらかじめ子どもの好きな匂いをつけておくことがある。バニラ以外にメロンやイチゴ、パイナップル、オレンジなどいろいろあり、患児自身に選ばせるという。手術の怖さ、不安を少しでも和らげたいという医療者の優しさが、甘いバニラの匂いと重なる。

この風はどこから吹きて来るならむ土の匂ひに安らぎてをり　時田　則雄
放線菌密度を嗅いで知る人になりたくて土に鼻押しあてる　池田　行謙

微生物について取材した際に「土の匂いって、主に放線菌の匂いなんですよ」と教わって以来、土の匂いをかぐたびにそのことを思い出す。正確には放線菌の作り出すゲオスミンという物質の匂いなのだが、土壌にはさまざまな細菌や藻類が含まれ、土の匂いは土地ごとに異なる。

一首目の作者は、北海道・帯広で農業を営んでいる。広大な十勝平野で土の匂いをかいだ瞬間、ふと心が安らいだことを素直に詠んだ歌である。寒い冬は微生物があまり活動しないため、土はほとんど匂わない。土の匂いがするということは、種を蒔いたり収穫したりして忙しいながらも心の躍る季節であることを示す。一首全体からは、自らの耕す畑を誇らしく思う気持ちも感じられる。

二首目の作者は、農業系研究者として技術指導や品種改良に携わっている。土壌中の放線菌は、病原菌の増殖を抑える働きがあり、放線菌の多い土地は、他の細菌やカビ、微小昆虫などの生物が豊かで肥沃であることが多い。しかし、放線菌が多ければ多いほどよいのかと言えばそうではなく、他の常在菌に悪影響が生じてしまうという。腸内フローラと同じで、大切なのは全体のバランスというのが面白い。この歌には、かいだだけではたぶんわからない「放線菌密度」を知ろうとする、土への親密な感情があり、それが魅力となっている。

禁忌ゆゑ母には息子が匂ふといふ　受験期に入る息子は臭し　米川千嘉子

人の体臭の違いには、白血球の型（ヒト白血球抗原：HLA）が関係している。私たちはそれを無意識にかぎ分けているらしい。ある実験によると、複数の男性が二日間着たTシャツの中から好ましい匂いのものを女性に選んでもらったところ、自分と異なるHLAの型を持つ人の着たTシャツを選ぶ割合が高かった。人は知らないうちに遺伝的多様性の得られる選択をしているというのだ。

逆に、自分と近い型の匂いに対しては忌避するメカニズムが働くらしい。HLAにはいくつものタイプがあり、両親から半分ずつを受け継ぐことになる。年ごろの娘が、父親を「クサイ！」

と遠ざけるのはそのためとされる。この歌では思春期を迎えた息子の体臭を「臭し」と感じた母親が、遺伝子レベルでの「禁忌」を思ったところが面白い。

私がＨＬＡという言葉に初めて出合ったのは、新聞社で臓器移植医療を取材していた一九九〇年代後半である。当時は、移植後の拒絶反応が起こらないよう、移植を受ける人と臓器提供する人のＨＬＡの型がなるべく一致するのが望ましいとされ、生体腎移植では親族からの提供が多かった。今では免疫抑制剤が発達したため、全くの他人である夫婦間移植も問題なく行われると聞くと、隔世の感がある。それだけに、人間の嗅覚が意識下でＨＬＡの型を弁別しているという事実に、改めて驚いてしまう。

病気

災害時まずもちだせと教えらるるインスリンセットはあなたの一部　　佐野　豊子

豪雨や大地震など災害が起こって避難すると、持病を抱えた人たちは体調管理が難しくなる。いつも服用している薬が切れると、命にかかわる場合もある。作者の夫は糖尿病を患っているようで、この歌は医療スタッフから「災害に遭ったら、まずインスリンセットを持ち出してくださいー」と指導された場面のようだ。

命令形から始まる上の句は、インスリンの自己注射が始まったばかりの緊張感に満ちているが、結句の「あなたの一部」でやわらかな情感が広がる。どんなときにも、病む夫を自分が支えなければ、という覚悟と愛情が伝わってくる。

　　憩室がわれには二つあるという　自分の部屋を持たぬ私に　　　　橋本　恵美

憩室は、消化管の壁面が外側に小さな風船のように膨らんでできた突起を指す。大腸にできることが多く、食事が欧米化したことによって増えつつあるという。たいていは無症状で、内視鏡検査や腹部エコーで見つかることが多い。この作者もたまたま見つかり、しかも二つあることを告げられたようだ。

「憩室」という名称は、漢字だけ見ると「休憩する部屋」「憩う部屋」のように解釈できるのが面白い。だから作者も、「私は自分の部屋を持たないんだけれど、おなかの中には小さな部屋が二つもあるのね」と少し可笑しくなったのだろう。女性の自立を説いたヴァージニア・ウルフの“*A Room of One's Own*”（邦訳は『自分だけの部屋』『自分ひとりの部屋』など）を思い出してしまった。

上の句では医学的な事実、下の句では「憩室」という言葉から連想した自分の境遇が述べられていて、どことなく寂しさも漂う。

マックイーンは中皮腫ブリンナーは肺癌にて死にき老いを知らずき　寺松　滋文

スティーブ・マックイーンは『大脱走』や『荒野の七人』など数々の映画で活躍した米国の俳優である。肺の中皮腫を発症し、五十歳で亡くなった。ユル・ブリンナーはロシアのウラジオストクで生まれ、米国で活躍した。ミュージカル映画『王様と私』のほか、西部劇やスパイ映画と出演作は幅広い。肺癌で亡くなったのは六十五歳のときだ。歌の作者は映画好きだったのだろうが、歌を鑑賞するポイントとなるのは二人の俳優の生年ではないか。マックイーンは一九三〇年、ブリンナーは二〇年生まれ、そして作者はちょうど二人に挟まれた一九二六年の生まれである。この歌が収められた歌集が刊行されたのは、作者が八十九歳のころ。同時代に生きた名優たちが「老いを知らず」に没したことを悼む気持ちと、どこか羨ましいような気持ちとが混じり合っているようだ。「死にき」「知らずき」と過去形を重ねたところにやや屈託がある。

小澤征爾、井上ひさし、立花隆、つかこうへい　みな癌を病む
海老蔵の妻乳癌を病むと知りわかき海老蔵にしたしみおぼゆ　小池　光

一首目に詠み込まれているのは、いずれも高名な人たちだ。クラシック音楽、文学、ノンフィクション、演劇……と全く違うジャンルの有名人が列挙され、どういうことだろうかと思ってい

ると、最後に全員が癌になったことが示されて胸を衝かれる。なぜ、そのことを作者が気にしているかという手がかりは二首目にある。「海老蔵」（十三代目市川團十郎）の妻と同じように、作者の妻もまた乳癌を患い、亡くなった。作者にとって、癌患者とその家族は、他人と思えないほどに親近感のある存在なのだった。

高齢化に伴い、癌になる人は増加し続けている。「あ、あの人も……」という作者の驚きと「したしみ」に共感する人も少なくないだろう。幸い、癌の死亡率は低くなってきた。自分や家族だけが癌と闘っているのではないことを思えば、勇気づけられるはずだ。

ひと息にビール飲み干す夢を見き術後一年胃のなきわれは　　岩田　亨

作者はこの歌が詠まれた一年前に胃の全摘手術を受けたという。胃を切除した人がアルコールを摂取すると、小腸にすぐ入って吸収されやすい。飲酒するときは、血液中のアルコール濃度が急速に上がらないよう、薄めの酒を少しずつ飲むよう気をつけなければならない。「ひと息にビール飲み干す」なんてことは絶対にしてはいけないのである。

歌の作者はビール好きなのだろう。ぐいぐいと気持ちよく飲み干したのが夢とわかり、がっかりした作者の顔が見えそうだ。

二千年前からミロのヴィーナスがしづかに耐へてゐる幻肢痛

千葉　優作

一首の最後に「幻肢痛」が出てきて、「あ、やられた」と作者の機智に感服した。幻肢痛は事故などで腕や足を失った後、ないはずの腕や足があるように感じたり、そこに痛みを覚えたりする症状である。さまざまな原因で起こる慢性疼痛のなかでも、治療が難しいことで知られる。

「ミロのヴィーナス」は紀元前二世紀ごろ古代ギリシャで制作された彫像で、両腕が欠けている。失われた腕の形については、神話に登場する黄金のリンゴを持っていたのではないか、などといろいろな説が論じられ、両腕がないからこそ完璧な美になったと主張する人もいる。しかし、彫像が幻肢痛に苦しんでいるのではないかと考えたのは、この作者が初めてではないだろうか。素晴らしい想像力である。

ミロのヴィーナスが、自分の両腕についてあれこれと議論されるのを聞きながら「もう！　そんなことより、この痛みをどうにかしてちょうだい」と嘆いているかもしれない、と想像すると気の毒になる。片腕、片足を失った人の場合は、残っている方の腕や足を鏡に映し、健常な両腕、両足が存在すると脳に認識させるミラーセラピーを続けることで、幻肢痛がある程度和らぐという。しかし、両腕を失ったミロのヴィーナスの場合、ミラーセラピーは適用できない。治療はなかなかに難しいはずだ。

万能細胞生まれたる世のひとわれら月光菩薩の背中も見たり
火の走るやうに緑はひろがりぬ　万能細胞にむらがる希望

米川千嘉子

京都大学再生医科学研究所の山中伸弥教授（当時）らは二〇〇七年十一月、人工多能性幹細胞（iPS細胞）を生成する技術について科学誌「セル」に論文を発表し、世界的な注目を集めた。自分の細胞から、どんな細胞にも生まれ変われる「万能」なiPS細胞が作れるようになれば、がんやパーキンソン病などさまざまな病気の治療に役立つと期待が高まった。

iPS細胞の快挙がメディアを賑わせた翌二〇〇八年、平城遷都一三〇〇年を記念して東京国立博物館で「国宝　薬師寺展」が始まった。日光・月光菩薩立像が初めて二体揃って寺外で公開される珍しい機会であり、八〇万人が足を運んだ。作者もその一人だったのだろう。光背が外され、ふだんは見ることのできない立像の背後を見たことに、何か後ろめたいような思いを抱いたのかもしれない。一首目で作者は「万能細胞」の生成されたことと「月光菩薩の背中」が見られたことを並列する。それらを単純に喜んでよいのかどうか、読者も考えさせられる。

二首目では、まず新緑の生命力が描写され、下の句で「万能細胞」に寄せられる人々の果てしない「希望」が示される。「火の走る」ようにたちまち広がった願いを、作者は静かに見つめる。病気を治したいという思いは切実なものであり、それこそが医学の発達を促す原動力の一つであったに違いない。けれども、人間の欲望には限りがない。「むらがる」には、作者の抱く畏れが表れているように思う。

わたしとは何か

「私は何者か」「私はなぜ私なのか」という問いは、昔から繰り返し論じられてきた。思春期にはたいてい誰もがそんな哲学的なことを考えるのだが、新しい科学的知見は「私」の概念をどんどん変えている。

日々生まれ替はる私の細胞のどこがあなたを恋してゐるのか　　片岡　絢

ヒトを構成する細胞の数は、三七兆個とも六〇兆個ともいわれる。その多くが日々再生されており、臓器や組織によって再生の速さは異なるが、数か月たてば大半が入れ替わる。この歌の作者は再生の仕組みを知り、「あなた」をずっと恋し続けている自分をいぶかしむ。「この指や耳の皮膚細胞も、一、二か月で入れ替わってしまうのになあ」……自分ではうまく制御できない恋の不思議を、生命の不思議と重ねたところが初々しい。

神様がお創りになつたデオキシリボ核酸しまふ器なるわれ　　尾崎　朗子

作者は自分のことを、遺伝子の本体「デオキシリボ核酸」（ＤＮＡ）を入れる容器なのだと達観する。世界的ベストセラーになったリチャード・ドーキンス『利己的な遺伝子』（一九九一年）は、遺伝子はあくまでも利己的にふるまうものであり、ヒトを含む生物個体はみな「遺伝子の乗り物」に過ぎないと見なす内容だ。「乗り物」だと何だか乗っ取られたような感じがするが、「器」には、知ることのできない遺伝情報が自分の内部に存在することを、そのまま受け入れようとする穏やかな気持ちがこめられているようだ。

知つてたかい　君の腸には一〇〇兆の細菌がゐるゐなければ困る　　永田　和宏

多くの動物が何らかの微生物と共生している。ヒトも例外でなく、自分の細胞の数をはるかに上回る数の微生物と生きているのだ。例えば腸内細菌は、四〇兆から一〇〇兆個といわれ、ビタミンを合成したり、ヒトの消化できない食物繊維を分解したり、といろいろ役に立ってくれている。また、その種類やバランスは、宿主であるヒトの感情や行動に影響するという研究もある。私たちは自分の意識だけで健康や精神状態をコントロールしているわけではないのだ。

作者は長く大学で教鞭を執ってきた細胞生物学の研究者なので、「知つてたかい」は学生たちへの呼びかけと解釈してよいだろう。若者は時に、一人で生まれてきて何でも一人でできるような錯覚を抱くが、それをたしなめつつ生物の共生の不思議を伝えようとした歌である。

よりそえる微生物の群れたちを「おれ」と呼び三十一年過ぐ　佐佐木定綱

からだじゅう常在菌のいることが楽しくわたしは一人の大地　丸地　卓也

自分の細胞よりも体内や体表の常在菌の数の方が多いとすれば、「私」はいったいどこにいるのだろう——。

一首目の三十代になったばかりの「おれ」は、まだまだ自分が何者か悩むことがあるのだろう。ふと「何だかんだ言っても、『おれ』って結局、微生物の群れなんじゃないのか」と思った途端、悩みが吹き飛んでしまったような愉快な歌である。微生物が意思を持った存在であるかのような「よりそえる」が可笑しい。

二首目の作者も、共生微生物に着目した。皮膚の表面にも、口腔内や腸管にも、それぞれの環境に適した細菌や真菌がバランスを保って生きており、作者は自分の体をさまざまな生態系を養っている「大地」のように思ったのだ。

一首目の作者は「おれ」と自称し、やや強気に「微生物の群れたち」を率いるような口ぶりだが、二首目の作者が「わたし」とやわらかな一人称を選んでいることにも注目したい。「大地」は「母なる大地」というふうに女性的なイメージを付されることが多いが、男性である作者がごく自然に自らを「一人の大地」と言ったあたりに、現代の気分が表れている。常在菌にとっての地平は、どれほど広大なものだろう。

もっともっと動けばいいよ母譲りのミトコンドリアはせっかちである　笹本　碧

ミトコンドリアは細胞内の小器官で、エネルギーを産生する大切な役割を果たしている。不思議なことに、核のDNAは両親から子に伝わるのに、ミトコンドリアのDNAは母親からしか受け継がれない。この歌の作者に限らず、すべての人は「母譲りのミトコンドリア」しか持たないのである。

歌の面白さは、エネルギー産生にかかわるミトコンドリアと、自身の母親のせっかちさを重ねたところにある。まるで、母親由来のミトコンドリアが、作者の活発さや行動力の原因となっているようだ。しかも、ミトコンドリアたちは「もっともっと動けばいいよ」と応援してくれているのだ。性格の似た母娘という素材を、ミトコンドリアによってさらに生き生きと明るく描き出した一首である。

歯型にて本人確認するといふ歯はさびしくてそを磨きをり　大口　玲子

生《あ》れし日と同じ指紋をもちながら人死にゆけりからたちに棘　栗木　京子

「私」が「私」であることを証明するにはいろいろな方法があるが、歯型で本人確認するという状況は、死後であることがほとんどだろう。一首目の作者は、歯みがきしながらふとその事実が頭に浮かび、「歯というものは、何ともさびしいものだな」と思いながら歯ブラシを握る手を動かしている。歯型でしか本人確認できないという厳しい状況と、歯みがきという日常の風景の対比によって、生死が対照されているところが巧みである。

二首目は指紋に着目した。「終生不変」「万人不同」と表現すると何やら重々しいが、指紋が一生変わらず、同じ指紋の人はいないということを指す。生体認証など個人識別に使われるのは、そのためだ。この歌の作者は、その不思議を思いつつ、カラタチの棘を見つめている。北原白秋作詞の童謡「からたちの花」にも歌われているように、その棘は非常に大きく、尖っている。作者は内面に潜む「棘」のようなものを、指紋と同じように死ぬまで持ち続けるであろう自分の性分を思ったのかもしれない。

いつの日かY染色体は消えるらし道に落としたコインを拾う　松本千恵乃

男性を男性たらしめているのは、性染色体であるY染色体だ。しかし、それが減り続け、消滅に向かっているという。もともとY染色体には、性を決定する以外の働きをもつ一〇〇〇個以上の遺伝子があった。ところが、長い進化の過程でY染色体の遺伝子が徐々に減っていった結果、現在では主に精子の形成などに働く五〇個程度の遺伝子しか残っていない。このまま同じ速さで遺伝子が失われ続けると、約一〇〇〇万年後には、Y染色体のすべての遺伝子がなくなることになる――。

歌の作者は、そのニュースを思い出しながら、落としてしまったコインを拾う。コインは失われた遺伝子のようでもあるし、その裏と表は男女の性差を表しているようでもある。「らし」は、ある確かな事実や証拠にもとづき、確信をもって推量する表現だ。しかし、この作者は「Y染色体が消えるなんて大変！」と深刻に憂えるのではなく、「消えちゃうんだそうだ」とあっさりと受け止めているようで、そこに可笑しみも感じられる。

きみもわたしも一瞬のなみ遺伝子の海にたまたまたちあがる波　　山田富士郎

ヒトの設計図であるゲノムを読み解き、さまざまな遺伝子の働きを明らかにするヒトゲノム計画は大いに期待されたが、二〇〇三年に解読が終わってみると、遺伝子はゲノム全体の1・5％にも満たないことが判明した。その後、米国立衛生研究所（NIH）がスタートさせたのが、ヒトの体内や体表に生息する微生物とその遺伝情報を調べる「ヒトマイクロバイオーム計画」だった。

ヒトの遺伝子数が二万三〇〇〇個であるのに対し、ヒトの体内の微生物は二〇〇万個もの独自の遺伝子を持つことが明らかになっている。人類のDNAは99・9%同じだが、マイクロバイオームの構成やバランスが全く同じ人はいないという。進化の長い過程によって、ヒト独自の遺伝子などほとんどないこともわかってきた。

この歌の「遺伝子の海」という表現は、地球上のさまざまな生物が互いに影響し合って、豊かな進化を遂げてきたことを思わせる。果てしなく広がる大海においては、誰もが「一瞬のなみ」でしかない。自分も他人も、そして地球上に現れては消えていった夥しい種類の生き物たちも、たまたま立ち上がった小さな波のきらめきだと思うとき、新しい生命観が広がってゆくようだ。

第3章

生きものの世界

地球上には数多くの動植物が生きている。わかっているだけで二〇〇万種、推定では一〇〇〇万種に上るとみられている。つまり、分類や生態を調べる以前に、存在さえ知らないものがほとんどなのだ。

その中でようやく、さまざまな技術や研究によって、生き物たちの驚くべき能力や、生き物同士が支え合って暮らすシステムが少しずつ見えてきた。生物多様性を守ることは、多くの生物種を保全するというだけではなく、それぞれが密接にかかわり合っている結びつきを守りながら地球に暮らす、ということである。

昆虫も深海生物も、地球の歴史や不思議な世界を見せてくれる。歌に詠まれた生き物たちから、その素晴らしさを教わりたい。

昆虫

蝶の化石ジュラ紀にありといふきけば木洩れ日ゆれて今日がふくらむ　　馬場あき子

二〇一八年、ドイツ北部で三畳紀後期とジュラ紀初期の境界の地層から、最古のチョウの化石が見つかった。花を咲かせる被子植物が登場したのは、白亜紀前半（一億三五〇〇万年前）と推測されているが、それよりも一億年ほど早くチョウが飛び回っていたことになる。とすると、その頃のチョウは、いったい何を食べて生きていたのだろうか――。

歌の作者は「蝶の化石」発見のニュースに感動を覚え、身近な風景が少し違って見えるような気がしたのではないか。人類の出現はチョウよりもずいぶん後で、五〇〇〇～七〇〇〇万年前とされる。そのことを思うと、チョウが飛び交う目の前の風景に、壮大な地球の歴史が流れ込むような、不思議な感動を覚える。その感動を作者は「今日がふくらむ」とやわらかく表現してみせた。「木洩れ日」のやさしさも相まって、美しく知的な一首となっている。

ウリミバエいまだ根絶されざりし頃なり妻と島をめぐりき
根絶までに五三〇億匹の放射線照射不妊化虫　　真中　朋久

ウリミバエはミバエ類の一種で、ウリ類やトマトの果実を食べる害虫である。一九一九（大正八）年に、八重山群島で初めて確認され、沖縄全域に広がった。日本国内に蔓延しないよう、沖縄からのウリ類などの出荷は植物防疫法に基づき、長く禁止あるいは制限されてきた。一九七二年に本土復帰が実現したのを契機に、沖縄県はミバエの防疫事業に取り組み、一九九三年十月、ついに根絶することに成功した。

私がダイビング目的で沖縄・石垣島を初めて訪れたのは二〇〇三年である。ドライブ中に「ミバエ根絶之碑」と記された大きな石碑を見つけ、「何だろう」と不思議に思ったのを覚えている。旅行から帰って調べ、薬剤散布だけでは根絶が難しいため、生殖機能を持たない不妊虫を大量に放ち、発生数を減らすという手法が用いられたことを知り驚いた。

この歌の作者が沖縄の島々を訪れたのは、九三年以前だった。「五三〇億匹」もの不妊化虫が放たれたウリミバエ根絶プロジェクトを詠みつつ、沖縄のたどった苛酷な道のりを作者は思っている。一首目には、妻と島を巡った若かりし頃へのなつかしさもあるが、沖縄の歴史を知らなかった自分を省みる気持ちも少し混じるように感じられる。

ウリミバエが猛威を振るっていたころは沖縄から持ち出せなかったゴーヤー（ニガウリ）も、今では全国区の野菜となり、どこのスーパーでも普通に買える。ゴーヤーチャンプルーも広く親しまれる料理となったが、その背景にはウリミバエの根絶があったのだ。

十七年に一度土よりあらはれて蟬は果てなき天を仰ぎぬ　　尾崎　朗子

十七年か十三年ごとに大量発生する「周期ゼミ」と呼ばれるセミがいる。どちらも素数なので「素数ゼミ」ともいう。北米大陸の各地でほぼ毎年発生するが、なぜこんなに長い間、幼虫の状態で土の中に潜んでいるのか、ということには諸説ある。一度にたくさん発生すると鳥などの捕食者に食べられても生き残る個体が多い、数年周期で発生する寄生虫から受ける被害が少なくて済む、十七年ゼミと十三年ゼミが同時に発生するのは二二一年に一度なので交雑が避けられる――など、いずれも一理ある。

幼虫が何年くらい土の中で過ごすのかはセミの種類によって異なり、二～五年程度と考えられている。成虫になってからの寿命は、いずれも三週間から一か月と短い。歌の作者は、長く土中にいたセミの幼虫が脱皮して初めて仰いだ空を想像している。それは、どんなにか明るく、果てしなく広い空だろう。

この小さき天道虫に草食と肉食のいてくらき草叢　　大西　淳子

この歌を読むまで、テントウムシに「草食と肉食」がいるとは知らなかった。調べてみると菌類を食べる「菌食」のテントウムシもいるそうだ。「草食」はウリ科やナス科の野菜の葉を好むので人間にとっては害虫だが、ナナホシテントウなどの「肉食」は植物を食べるアブラムシを食べてくれるので益虫、ウドンコ病菌を食べる「菌食」も益虫という。同じ「天道虫」にもいろいろいるんだなぁ、と作者も感心したのだろう。「くらき草叢」は実景と解釈してもよいが、未知のことばかりの自然の奥深さと取ってよいかもしれない。

ひと匙ほどの蜜をあつめて逝く蜂のきらめきパンに滴らせゐつ　松本　典子

蜜蜂のあらぬ地球にわれら無く存在を問ふ石の目覺めや　水原　紫苑

一匹のミツバチが一生の間に集める蜜は、一首目にある通り「ひと匙ほど」という。それも大きなスプーンではなく、ティースプーン一杯分である。そのことを知る作者は、パンに蜂蜜を垂らしつつ申しわけないような気持ちになったのかもしれない。美しい琥珀色を蜂の生命の「きらめき」と見た。

二首目の作者は、ミツバチと人間のかかわりについて思いを巡らせる。ミツバチは、ハチミツやミツロウといった生産物を提供してくれるだけでなく、さまざまな植物の授粉を助けるという大切な役割を果たしている。リンゴやアーモンドなどの果実や野菜のほか、コーヒーや綿花など、ミツバチに授粉を頼っている作物は多く、もしミツバチが絶滅したら、人間の暮らしは大打撃を受ける。「われら無く」という状況も大いにあり得るのだ。

実際、二〇〇〇年代になって次々にミツバチの大量死が起こっている。大きな原因として考えられているのはネオニコチノイド系の農薬だ。この殺虫剤がミツバチのナビゲーション能力を失わせ、免疫力や生殖能力を低下させることがわかってきた。受粉が不十分であるために農作物の品質が悪化し、収量が減った地域が増えており、ミツバチのみならず昆虫の減少の影響と懸念されている。人工的に授粉を行おうとすれば、多大な費用と手間がかかり、将来的に農作物が一種の贅沢品になる可能性さえある。

歌の作者は「蜜蜂のあらぬ地球」になり、人間も滅んだ後、「石」が目覚めて生き物の「存在を問ふ」のではないかと空想する。その叫びはどんなふうに大気をふるわせるのだろう。

アキアカネその二万個の複眼に映る二万の夕焼けがある　　千葉　優作

トンボは小さな六角形の眼を一万~三万個もつ。個々の眼のとらえた映像を、脳で一つにして認識しているのだ。作者はアキアカネを見て、トンボの複眼の不思議さを思うだけでなく、二万個それぞれの眼がとらえた夕焼けの風景を想像した。小さなトンボの中に存在する二万もの夕焼けの圧倒的な広がりと鮮やかさに、読者はくらくらとめまいを覚える。

海の辺に出没したるヒアリなり危険な外来生物として　　中川佐和子

ヒアリは攻撃性が高く、刺されるとアナフィラキシーショックを起こすこともある危険生物だ。もともとは南米大陸に生息していたが、北米やオーストラリア、中国などへの侵出、定着を果たした。日本国内で初めて確認されたのは二〇一七年である。海外から兵庫県の神戸港へ輸送されたコンテナの中で見つかった。

「海の辺」と詠まれているところに注目したい。二〇一七年以降、名古屋港、青海埠頭、千葉港、横浜港など各地でヒアリが発見されているが、まだ辛うじて国内での定着は食い止めている段階と見られる。人間の移動や物流が盛んになれば、必ず荷物や乗り物に紛れて外来の生物が入り込むリスクが生じる。「特定外来生物」の一覧に記される種は増えるばかりだが、生物そのものが悪者というわけではない。この作者が「〜として」と表現しているのは、「ヒアリに罪はないのに……」という思いがあるのかもしれない。

鳥類

ゆく春のペットショップにしらたまの小鳥の擬卵売られてありぬ　石井　幸子

「擬卵」というのは、プラスチックなどで作られた偽の卵、擬似卵のことだ。巣に置くと、鳥は自分の産んだ卵だと錯覚し抱卵するので、次々に卵を産むのを防ぐことができる。動物園の繁殖管理や害鳥の増加抑制などに使われるが、一般家庭で飼われているインコやカナリア用も販売されている。

詠まれている「小鳥の擬卵」は「しらたまの」と表現されているので、インコ用の白いものではないだろうか。「春」は多くの野鳥にとって繁殖期なのに、ペットとして飼われる小鳥は、それを人為的に抑えて擬卵を抱かされる。そのことに少し残酷さを感じた作者かもしれない。「ゆく春」は、哀惜の念がこもる季語である。春のやわらかな日差しと擬卵の取り合わせは、やや冷えびえとしたイメージを伝えてくる。

鴉には霊長類の脳があり欲望をさへ堪《こら》ふるといふ　　米川千嘉子

昔からカラスは頭のいい鳥だと言われてきた。道具を使うこともできれば、数も認識できる。最近では、カラスの脳には二〜三億個のニューロンが高密度で存在し、大型類人猿の知能に匹敵する知能をもつ可能性が指摘されている。この歌の「欲望をさへ堪ふる」というのは、訓練によって、目の前の少量のエサをすぐに食べずに待っているともっと量の多いエサがもらえる、ということをカラスに学習させることができた実験を指すようだ。

動物に鏡を見せたとき、映っているのが自分だと認識できるかどうかは、知能程度を測る一つの指標になるが、カラスにはその自己認識能力も備わっているという。進化の途上で鳥類と哺乳類が分岐する前にこうした脳の働きを獲得していた、と見る研究者もいて論争になっており、「霊長類の脳」はそのあたりも押さえたとらえ方である。「欲望をさへ」の強調の「さえ」が効いている。

鳥語にも文法があり複雑な声音に愛を告げる日あらむ　遠藤　由季

長い間、言葉をもつ生きものは人間だけだと考えられてきた。しかし、近年は動物たちもそれぞれの言語を使って情報を伝達している可能性が明らかになっている。

この歌の「鳥語」は恐らくシジュウカラの言語と思われる。動物言語学者の鈴木俊貴さんは十数年かけてシジュウカラの鳴き声を研究してきたことで知られる。危険を知らせるときに用いられるフレーズを録音し、鳴き声の順番を入れ替えて聞かせたところ、シジュウカラは反応を示さなかった。この実験結果は、多様なさえずりが単なる信号ではなく、文法をもっていることを証明するものだ。

歌の作者は、シジュウカラの言語研究の話を知り、単にコミュニケーションをとり合っているだけでなく、文法をもつことに感動している。「愛を告げる日あらむ」と推量の「む」で表現されているが、求愛行動は大切なものだから、たぶんもうシジュウカラのオスは、言語を使って思いの丈を伝えているのではないだろうか……。

哺乳類

しまうまの縞の不思議を思う夜サバンナの野火はるかに燃える　加藤扶紗子

作者はアフリカのサバンナ帯、そこで乾季に発生する野火を思いながら、「しまうまの縞」について考えている。シマウマには、どうしてあんな美しい縞模様があるのだろう――。

生物の世界には、シマウマ以外にもトラやイシダイ、ゼブラフィッシュなど縞模様をもつ動物が多い。生命科学者の近藤滋さんは、アラン・チューリングが提唱した空間的パターンによって縞模様が形成されることを実証した研究で知られる。

チューリングは、コンピュータの理論的基礎を築いた人物である。彼は、二種類以上の分子が互いに反応しながら広がってゆくことで、シマウマの縞模様のみならずキリンの網目やヒョウの斑点なども説明できると考えた。近藤さんは、その理論に基づいたシミュレーションで、タテジマキンチャクダイの模様が形成される過程を検証した。異なる種の生物の模様が共通のメカニズムでつくられているというのは、実に見事な自然の仕組みだ。

「しまうまの縞の不思議」を作り出す自然に対し、「サバンナの野火」という人間の行為は脅威ともなり得る。アフリカのサバンナ帯では、乾季になると人々が広範囲に火入れする。これは、灰が肥料となり栄養分の乏しい土壌が改良されることを意図して古くから行われてきた農法だ。しかし、人口増加によって土地の休閑期間が短くなり、火入れが大規模化すれば、サバンナが消失しシマウマの生息域も狭くなってしまう。

「しまうまの縞の不思議」はほぼ解明されたが、本来、持続的な伝統農法だった「サバンナの野火」について解決するのは、なかなか難しそうだ。

皮膚も歯もあらわな鼠ハダカデバネズミの長寿遺伝子DeBAT1《デバワン》
ハダカデバネズミすなはち裸出歯鼠にして長生きしかも癌にはならぬ

北辻　一展
永田　和宏

ハダカデバネズミは体長一〇～一四センチほど、一首目に「皮膚も歯もあらわ」と表現されているように、無毛で二本の長い前歯が目立つ奇妙な外見が特徴だ。地中での生活に適応したと考えられている。それにしても「裸出歯鼠」というのはネーミングとしていかがなものか、と思ってしまうが、今この変わったネズミほど脚光を浴びている動物もいない。二首目の「長生きしかも癌にはならぬ」という特徴があるからだ。

実験用マウスの寿命は、系統にもよるが、約三～四年である。ところが、大きさのあまり変わらないハダカデバネズミの平均寿命は二八年、中には三〇年以上も生きるものがいる。おまけに、寿命の八割の期間は老化の兆候がなく、がんに耐性があり、無酸素状態にも十数分耐えることができる、というスーパーマウスぶりだ。

一首目の「DeBAT1《デバワン》」は、ハダカデバネズミに特異的に見られる遺伝子で、特に心臓で多く発現していることがわかっている。そういうわけで、この遺伝子が「長寿遺伝子」の一つだと目されれ、「老化・がん化抑制法」の開発に役立つ新しいモデル動物として研究されている。二首目の

「しかも」には、感嘆と敬意がこめられているようだ。

一九九〇年代後半に、発生生物学研究の第一人者、浅島誠さんを取材した折、「イモリは冬眠している間に、自分でがんを治してしまうんですよ」という話を聞いた。生物学の知識がほとんどない私は、そのとき「えっ、そんなことが⁉」と半信半疑だったが、生物の中には人間には考え及ばないような能力を持っているものが多いことが、徐々にわかってきた。

ハダカデバネズミの祖先は、二五〇〇万年前にはアフリカ大陸に出現していたと見られている。人類の誕生はおよそ七〇〇万年前から五〇〇万年前だから、彼らは偉大なる先輩である。先輩たちの生態を、私たちはまだほとんど知らない。


イルカには半球睡眠片側づつねむる脳《なづき》は夢を見るなし　米川千嘉子

イルカが片目を閉じて泳いでいるとき、脳の半分は覚醒しているという。人間だけでなく多くの生物の脳は左右に分かれているが、イルカなどの鯨類や渡り鳥は、片方の脳だけ眠る「半球睡眠」をする。半球睡眠は外敵からの攻撃に備えたり長距離を移動したりするための手立てと考えられている。イルカも時に、人間のように脳全体が眠る「全球睡眠」をすることが確認されているが、片方の脳が起きていれば夢を見ないだろう、と作者は何か寂しく思う。安心して眠れないイルカをかわいそうに思う気持ちも多少あるだろうが、さまざまな夢を見る人間の生の寂しさというものも思わずにはいられない。

人間は眠っているとき、脳や交感神経、身体が休息しているノンレム睡眠と、脳だけは活発に活動しているレム睡眠を繰り返す。夢を見るのはレム睡眠時とされてきたが、最近はノンレム睡眠のときも夢を見ると考えられている。眠りも夢も、まだまだわかっていないことが多い。

小さな生物

真空も絶対零度も乾眠《かんみん》し生きぬくクマムシ不遑老人われ　　田村　広志

クマムシは、絶対零度の寒さにも、一〇〇℃の熱にも耐えることから、「地上最強生物」と注目を集めている微小な生き物である。真空や高圧状態、放射線にも強い。「ムシ」といっても昆虫ではなく、四対八本の脚をもつ、体長〇・一〜一ミリほどの「緩歩動物」だ。温泉の中や深海、高山など、ありとあらゆるところに生息している。

「乾眠」は、クマムシの強さを解くうえで重要なキーワードだ。というのも、元気に動き回っているクマムシを急激に苛酷な環境にさらすと、あっという間に死んでしまう。しかし、ゆっくり乾燥させると、体を縮め、代謝を停止する乾眠状態になる。そうなって初めて、「最強」の耐性を発揮するのである。

七十代後半の作者は、自らを「不逞老人」と称し、その図太さをクマムシと重ねてみせた。どこまでも信念を貫き、生き抜いてやろうという覚悟の歌のようだ。

粘菌が最短距離で結ぶのを理想の路線と科学者は云う　　石畑由紀子

粘菌と聞くと奇才の博物学者、南方熊楠を思い出す。アメーバ様の単細胞生物である粘菌は、動物のように動き回る特性と、キノコ類のように静止して胞子を飛ばす特性の両方を備えている。

この歌の「最短距離で結ぶ」とは、理化学研究所などのグループが二〇〇〇年、粘菌が迷路を最短ルートで解く能力があることを明らかにした成果を指している。それをもとに二〇〇六年、粘菌のルート探索を数理的なモデルにした「粘菌アルゴリズム」が構築され、地理情報システムとの組み合わせで災害時の避難経路を効率的に見つける手法が考案されたのである。

人間は自分が最も賢い生き物だと考えてきたが、単細胞生物に教わることがあるというのは、なかなか面白い。歌からは「本当かしら。でも科学者がそう言っているのだから……」とでも言いたそうな雰囲気が感じられる。考え方が一面的で単純な人に対して「単細胞」とからかうことがあったが、これからは意味が通じなくなるかもしれない。

わがうちのハリガネムシがそそのかすホラ、そこにホラ　水があるでしょ　　永田　和宏ハリガネムシは直径一～三ミリの細長い類線形動物の一種だ。陸上で暮らすカマキリなどに寄生し、宿主の行動を変えることで知られる。カマキリの体内でハリガネムシが成長を遂げたころ、寄生されたカマキリは水面の反射光に誘われ、泳げないのに水に飛び込んでしまうのだ。その後、ハリガネムシは宿主の体内から脱出し、水中で交尾や産卵を行う。寄生されていた宿主はもともと弱っており、ほどなく死んでしまうという。

作者は細胞生物学の研究者であり、年齢を重ねてなお衰えぬ研究に対する熱意を、「わがうちのハリガネムシ」に喩えた一首のようだ。「そこ」を追究してゆけば新しい知見という「水」があるはずだという思いは、研究者なら誰もが抱くものだろう。作者は新たな研究に打ち込みたい思いを抑制しようと、逸る自分に「待て待て、それはハリガネムシみたいな奴がそそのかしているのかもしれない、落ち着け」と言い聞かせる。「ホラ、そこにホラ」という、いかにも甘い誘いのような台詞が愉快だが、猫の寄生虫であるトキソプラズマに感染すると、マウスや人間の行動が変わることも思い出してしまう。「わがうちのハリガネムシ」を突拍子もない空想だとは笑えない気がする。

ずだずだに刻まれたその細部から甦生するなりヤマトヒメミミズは　　田村　広志

ミミズは偉大な存在である。地球上に豊かな土壌があるのは、五億年前に植物が登場し、その後、四億年以上もミミズがせっせと落ち葉や粘土を食べてフンをしてくれたからだ。世界中のミミズは数千種に上るとみられるが、まだ正確なところはわかっていない。その中の新顔の一つが一九九三年に東北農業試験場で発見された「ヤマトヒメミミズ」だ。

体長一センチほどの小さなミミズだが、「砕片分離」と呼ばれる無性生殖で増えるという、珍しい生態をもつ。自ら十数片に分かれ、ほぼ二週間でそれぞれの断片が元の大きさまで再生するのである。歌では「ずだずだに刻まれた」と表現されているが、人為的に切断した場合の再生率は部位によって異なり、１００％ではない。しかし、再生研究の新たなモデル実験動物であるのは確かで、大いに期待されている。

歌の作者は、ヤマトヒメミミズの生命力に素直に驚いている。事実だけで読ませる歌と言ってよい。一首を支えているのは、小さなミミズの名前だが、「ヤマト」という大きな括りと、「ヒメ」という愛らしさを伴う言葉が付いていることで、その生態を知らない人にも何か親しみを感じさせる。

わづかなる空気を背負ひ水中にひとり暮らせりミヅグモわれは　　服部　崇

ミズグモは、水中で生活する唯一のクモである。一種だけでミズグモ科、ミズグモ属を構成する。空気の泡を水草の中に運び込んで空気の部屋を作り、そこで生活している。作者はその一風変わった生態に心ひかれたのだろうか、自らをミズグモに重ねた。人との関係に疲れ、水の中で静かに暮らす小さな生物に羨望を抱いたのかもしれない。「わづかなる空気」には、何か慎ましさが感じられる。

ミズグモはヨーロッパ北部から日本にかけて広く分布しているが、日本では北海道や本州などのごく限られた地域にしかいない。水質悪化などで数が減っており、絶滅の危機が増大していると見られている。

酸性雨、紫外線、除草剤などを浴びて蛙は生きにくからん眠さうな顔の蛙にもの申すなんぢツボカビ症にかかるな　田宮　朋子

カエルなんて、ありふれた生き物だと思っていた。田園地帯に住んでいるので、夏になると家の周辺ではうるさいほどの大合唱が響き渡る。しかし、それは大きな間違いだった。カエルやイモリなどの両生類はどんどん減っており、国際自然保護連合（ＩＵＣＮ）のアセスメントによると、世界の両生類の三分の一近くが絶滅危惧種だというのだ。脊椎動物の仲間のなかで最も危機的な状況にあると言ってよい。

その原因はいくつもあるが、一首目にある「酸性雨、紫外線、除草剤」は大きな要因だ。両生

類は皮膚呼吸しているので、こうしたものからダメージを受けやすい。産卵に必要な水辺の減少など生息環境の悪化も進む。そして、二首目の「ツボカビ症」という致死的な感染症の広がりも深刻である。

カエルツボカビ症は一九九八年に中南米で初めて発見されてまだ二十年余りだが、世界で五〇〇種以上の両生類がこの感染症によって減少し、そのうち二割が絶滅もしくは絶滅したと推定される。作者はそのことを知り、目の前にいるカエルに親しみをこめて呼びかけたのである。「何だか眠そうな顔をしているけれど、ツボカビ症に気をつけなきゃダメだよ」――「もの申す」「なんぢ」といった、やや重々しい言葉遣いがユーモラスで温かい。

国内ではカエルツボカビ症による大量死は今のところ発生しておらず、日本のカエルは遺伝的に抵抗性をもっているのではないかと見られているが、油断は禁物だ。ペットとして輸入される両生類が増える中、こうした新興感染症によって生態系が壊される危険性を常に認識しておくことが大切だろう。カエルツボカビ症に感染しなくても、日本では水田や水辺が減り生息域は減っている。カエルが減れば、それを食べるヘビやトカゲ、鳥なども影響を受けてしまう。一つの種が生存の危機に瀕すれば、必ず多くの種に危機は波及する。人間だって例外ではない。

海の生物

脳のなきくらげ涼しく心もつ人は苦しむくらげ愛でつつ　馬場あき子
をちかへりをちかへり死なぬ紅くらげ再生といふ怖ろしき生

作者が訪れたのは、「世界一のクラゲ水族館」として知られる山形県の鶴岡市立加茂水族館である。常時約八〇種類のクラゲが展示され、「クラゲ栽培センター」ではいろいろな成長段階にある個体を見ることができる。直径五メートルの「クラゲドリームシアター」には一万匹以上のミズクラゲが飼育されている。

作者はクラゲが脳を持たないことに驚きつつ、それを「涼しい」ととらえる。クラゲは神経の刺激だけで水中を浮遊しており、脳だけでなく心臓や血管もないのだ。一方の人間には脳があるために「苦しむ」、と作者は見る。「脳と心」と対にして言うように、人間の脳はいろいろなことを考え、そのために悩み苦しむ。哀れなものだ、人間とは――とでも言いたげな作者のまなざしである。

二首目に登場する「紅くらげ」は、不老不死とされている不思議なクラゲだ。普通のクラゲは有性生殖をした後に死んでしまうが、ベニクラゲは食べられたり大きく損傷したりしない限り死なず、ポリプという、いわば幼体のような形に戻り、再び成長してゆく。

「不老不死」は古くから人間の願望だが、作者は「怖ろしき生」と見る。「をちかへり」は「復ち返る（をちかへる）」という古語で、「若返る、元に戻る」という意味である。現代ではほとんど耳にすることのない言葉が、呪文のように繰り返されることによって、怖ろしさが増すようだ。生が有限であるからこそ、人間は精いっぱい生きることができるのだ、という作者の思いもどこか感じられる。

悲憤とはかくまで静か大王具足虫しんと五年を食べず　　川野　里子

ダイオウグソクムシ（大王具足虫）は深海に住む甲殻類の一種で、体長は二〇～四〇センチほどである。三重県の鳥羽水族館で二〇〇七年九月から二〇一四年二月まで飼育された個体は、二〇〇九年一月にアジを五〇グラム食べて以来、死ぬまでの五年一か月の間、何も食べなかったという。

そのニュースに興味を抱いた人も多かっただろうが、ダイオウグソクムシの「悲憤」にまで思いを深めたのは、作者だけではないだろうか。この言葉から私は、ハンガー・ストライキを連想した。ハンストは抗議行動の一つとして、二〇世紀初めの英国の女性参政権運動家（サフラジェット）や、インド独立を訴えたガンディーが行ったことがよく知られている。現代においても、入国管理センターの長期収容や虐待への抗議、沖縄・辺野古への米軍新基地建設の反対を訴える際など、さまざまな場で行われている。作者はこうしたハンストに至る数々の「悲憤」を思い、五年もの月日、全く食物を口にしなかったダイオウグソクムシの胸中を思ったのかもしれない――。

しかし、実のところ作者自身は何も語っておらず、ダイオウグソクムシの死とハンストを重ねたかどうかはわからない。この一首から何を読み取るかは、読者それぞれに委ねられている。棲みかである深海から水族館に連れてこられ、好きな食物を食べることもできず、人間に飼われる無念さを読み取るだけでも十分だ。「かくまで静か」という死のあり方は荘厳にも感じられる。作者が敢えて「大王」と漢字で表記したのも、そのあたりを狙ったのではないだろうか。

五年以上も何も食べずに生き続けられたのは驚くべき生命力だ。その間の代謝など生命活動はどう保たれていたのだろう。深海生物の生態はまだほとんどわかっていない。

人と生き物

侵略的ぬるぬる殻つき外来種あふりかまひまひ殖ゆる沖縄　　森川多佳子

作者は、旅行先の沖縄でアフリカマイマイを見たようだ。大きいものだと殻の高さが二〇センチ、殻の最大直径が八センチほどにもなる世界最大級のカタツムリである。アフリカ東部の原産だが、今や世界各地に広がって農業被害や生態系の破壊を引き起こし、駆除の対象となっている。作者が「侵略的」と書いたのは、そのあたりの事情を知っているからだろう。

アフリカマイマイに関する日本の事情は、やや変わっている。一九三三年、統治下にあった台湾の貧困層を食糧難から救おうと、日本人がシンガポールからこのカタツムリを食材として輸入し、そこから沖縄などに持ち込まれたのだ。一九三六年には農林省が早くも、農業害虫として本土への輸入と飼育を禁止したが、結局、宮古島や八重山諸島、小笠原諸島などに定着してしまった。

私は台湾へ旅行したときに初めて数匹見かけ、その大きさを気味悪く思った。この歌の「ぬるぬる」にも何かマイナスの感情が込められているようだ。南西諸島や小笠原諸島には多くの固有種のカタツムリが生息しており、アフリカマイマイだけを駆除することは難しいという。

三十万も子がいるという平茂勝《ひらしげかつ》は黒光りする銅像の牛　　北辻　一展

「たいらのしげかつ？　えーと、平家にそんな武将がいたような、いなかったような……」などと思ってしまうのだが、「平茂勝」は一九九〇年に鹿児島県宮之城町（現・さつま町）の繁殖農場で生まれた黒毛和牛である。

生まれたばかりの黒毛和牛の赤ちゃんの体重は、三〇〜三八キログラム程度だが、平茂勝は五七キログラムと倍近くの体格だったというから驚く。肉質も肉量も優れた子孫を残せる種雄牛として活躍し、二〇〇八年に死ぬまでの十八年間で約二十五万頭の仔牛の父親となった。「三十万」はやや誇張された数字だが、平茂勝を称える歌なので問題はない。

作者は、鹿児島県の薩摩中央家畜市場を訪れ、その中に建てられた平茂勝の「銅像」を見たのだろう。そして、その業績に圧倒されたに違いない。畜産の現場にいる人たちにとって、肉質のよい仔牛を産ませることは大事なことだが、消費者としては何となく複雑な思いも抱く。私もどこかで平茂勝の遺伝子を受け継いだ牛肉を食べたことがあるのだろうか――。

厳冬に人襲ひたるヒグマあり眠らぬ熊の増えてゐるとふ　　島　邦生

「眠らぬ」というのは、冬眠しないということだ。通常、ヒグマは秋にたっぷり食べ、寒さの厳しい冬は冬眠する。しかし、秋にドングリの不作などで十分な栄養を摂れないと、冬眠に入ることができず、冬の間もエサを求めて活動することになるらしい。

ここ数年、山村のみならずあちこちの市街地でヒグマが目撃されるケースが増え、農作物の被害もなかなか減らない。野生生物の生息域を減らさず、人間との共生を図る手立てを何とか講じなければ、と歌の作者も不安でならないのだろう。

目黒区の電線にハクビシン居りたりとメールをくれるをんな友達　小池　光

鹿、猪、猿、ハクビシン増えゆきて人間消ゆる村あり現に　川野　里子

ハクビシンはネコの仲間で、在来種か外来種かについては諸説ある。近年、果実や野菜などの農作物を食べたり、都市部の家屋の天井裏や床下に棲みついたりするケースが増え、害獣と指定されるようになった。

一首目は、ハクビシンを目撃したことを、友人がメールで知らせてくれたという事実が詠まれている。もしかしたら写真も添付されていたかもしれない。「目黒区」という都会であることから「をんな友達」の驚きの大きさが察せられるが、作者自身はハクビシンの出没よりも、メールを送ってくれた彼女の行動を面白がっているようだ。

二首目は、ハクビシンのみならず、鹿やイノシシ、サルなどの野生生物が過疎の村、あるいは廃村に姿を見せるようになったことを詠んでいる。そうした動物が増えたために人間がいなくなったわけではないが、何だか人間が追い出されたようにも読める。作者自身そんな思いを抱いたのだろう、結句に「現に」と加えられているのは、「おとぎ話とか、作り話ではないんですよ」という気持ちの表れのようだ。

豪州のウサギ日本のヌートリア人はたやすく自然を壊す　正藤　陽子

初句の「豪州のウサギ」だけで、ぴんと来る人もいるだろう。一八五九年に英国からオーストラリア大陸に持ち込まれたウサギ二四匹は驚くべき繁殖力で増え、牧草や農作物を食べ尽くし生態系を破壊した。さまざまな方法で駆除が試みられ増減を繰り返したが、現在の数は約二億匹と見られる。本来の生息地以外の場所に生物を持ち込んだ場合の危険性を示す、最も有名な事例とされている。

一方、ヌートリアは南米原産の齧歯類で体重五〜九キロとかなり大きい。各国で毛皮にするため飼育され、日本でも第二次世界大戦のころ輸入されたが各地で野生化し、特定外来生物に指定された。「日本のヌートリア」は、「豪州のウサギ」ほど破滅的な影響は与えていないが、西日本においてはかなり増えているようだ。広島市に住む作者もきっと見かけたに違いない。

「人はたやすく自然を壊す」には考えさせられる。天敵のいない新たな環境で外来生物がどんどん増え、生態系を壊してしまう例は数えきれない。最初に持ち込んだ人間には毛皮や食用などの目的があったのだが、飼育していた個体が逃げ出して野生化すると、もう手に負えない。人間の想像を超えた事態が次々に起こる。自然を壊そうと意図したのではないが、自然は「たやすく壊れる」ものなのだと思わされる。しかし、この作者は「自然」を主語にせず、「人」を主語にしてその責任を問おうとしている。

たましいに転居はあるか改葬の祖父母ブラキストン線を越える　石畑由紀子

「ブラキストン線」は、本州と北海道の間にある津軽海峡を東西に横切る境界線で、そこで哺乳類や鳥類の分布が変わることが知られている。幕末から明治期にかけて日本に滞在した英国人博物学者ブラキストンが、そこを境界にした動物相の変化を発見したことに由来する。ニホンザルやツキノワグマなどの北限、ヒグマ、クロテン、ナキウサギの南限となっている。

歌の作者は、北海道帯広市に生まれ、今もその地に住む。祖父母の改葬された地が北海道なのか、それより南なのかはわからないが、ブラキストン線を越えて墳墓が移動したことに、深い感慨を覚えている。「たましい」が墓にとどまるものかどうかは人によって考え方が違うけれど、亡き祖父母が「転居」に戸惑ってはいないだろうか、と案じる一首は、知的であたたかい。

ペット

点子ちゃん、点失ひて純白の老猫の写真撮つてもらひぬ　石川不二子

この歌を初めて読んだときは意味がわからず、何だかヘンな歌だな、という以上の感想を持たなかった。ところが、それから数年後に猫を飼うようになり、ようやくこの歌の内容が理解でき

た。

わが家にやってきた真っ白な仔猫には、頭頂部に黒い点があった。それでテンと名付けたのだが、黒い点は成長するにつれて薄くなり、最後にはなくなってしまった。歌に登場する老猫「点子ちゃん」も、仔猫時代にあった黒い点をとうに失い、「純白」になったのだ。そして、作者は、もう長くないかもしれない年老いた点子ちゃんとの記念に、写真を誰かに撮ってもらったのだろう。こうした背景がわかると、この歌はぐんと切なさをもって迫ってくる。

仔猫の頭頂部にある黒い点が消失するのは、人間の赤ちゃんの蒙古斑が消えることとも似ているが、やっぱり不思議だ。私たちの周りには、小さな謎が満ちている。

腎臓を病む猫多し療法食サンプルの小袋もらいて帰る　永田　紅

耳広き砂漠の祖から引継ぎしあわれこの子の腎臓の弱さ　田中　濯

猫を飼い始めて知ったことの一つに、彼らは総じて腎臓が弱いという特性がある。わが家の猫は排尿が困難になって二度獣医さんのところに入院したし、キャットフード売り場には「下部尿路ケア」「下部尿路の健康維持」などと謳った商品がずらりと並んでいる。

歌の作者たちも猫を飼い、「腎臓の弱さ」に悩んでいるようだ。一首目では「療法食サンプルの小袋」という言葉から、飼い猫の体調が悪くて獣医さんを訪ねたことがわかる。二首目の「この子」という表現からは、目の前にいる猫をいたわっている感じが伝わってくる。

「耳広き砂漠の祖」は、恐らくリビアヤマネコのイメージだろう。二〇〇七年に米英独などの国際チームが約千匹の猫のミトコンドリアDNAを解析し、愛玩用に飼われているイエネコは、リビアヤマネコと同じ祖先から約一三万年前に分かれた可能性が高いと発表した。ネコたちの共通祖先は中東の砂漠地帯に生息していたので、水分をあまり取らず、そのため腎臓が悪くなりやすいのだと考えられている。

しかし、砂漠で生きてきた動物は他にもいる。猫だけがどうして腎不全になりやすいのか——。その謎を免疫学者の宮崎徹さんが解いたのは実に画期的だった。人間の慢性疾患治療について研究していた宮崎さんは、ヒトも含め多くの動物が共通して持っている血中のＡＩＭというたんぱく質が、死んだ細胞を体内から除去する働きをすることを突き止めた。そして二〇一六年、猫の持っているＡＩＭのアミノ酸配列が特異で、働きが悪いために腎臓病になりやすいことを明らかにしたのである。

世に愛猫家は多く、猫の腎臓病治療薬の研究を進める宮崎さんのもとに、全国から三億円近い寄付が集まったのも大きな話題になった。宮崎さんは二〇二二年、創薬の開発を急ぐため東京大学を辞め、非営利の研究機関を立ち上げた。治療薬が完成すれば、宮崎さんの著書のタイトル「猫が30歳まで生きる日」の到来も遠くないだろう。

バウリンガル噂に聞けどいまだ手に取らず犬語を解するわれは　山田富士郎

にほひにて敵意を知るといふ犬に見えぬうちから我は吠えらる　竹山　広

一首目の「バウリンガル」は二〇〇二年に発売された、犬とのコミュニケーションツールだ。犬の鳴き声をリアルタイムで分析し、「楽しい」「悲しい」といった犬の感情を画面に表示する仕組みである。歌の作者は愛犬家のようで、そんな道具はなくても自分には「犬語」がわかると言ってみせた。

二首目の作者は、逆に犬を苦手としているようだ。姿を見せぬうちから、よその犬に吠えられているのは気の毒だ。犬は嗅覚にすぐれ、人間の呼気や汗のわずかな変化もかぎ分ける。恐らく犬の方は、「また吠えられるかも……」と思って緊張した作者の発する匂いに反応しただけなのだろう。最近では、麻薬や肉製品、果物などが不法に国外から持ち込まれるのを防ぐ探知犬に加え、がん患者かどうかを呼気で判断できるように訓練された犬も活躍している。尊敬の念を抱いて近づけば、犬にもきっと伝わるのではないだろうか……。

メキシコが侵略されて滅びたるテチチ隣家のチワワの祖先　米川千嘉子

チワワは小さくて愛らしいうえ毛色が豊富で、人気の高い犬種である。「テチチ」という聞き慣れぬ名前はチワワの祖先とされる犬で、古くからメキシコで先住民に飼われていたらしい。スペインに植民地化された一六世紀、ヨーロッパに持ち帰られ現在のチワワに改良されたが、現地では一九世紀ごろ絶滅してしまった。絶滅の原因は、スペインの調査隊が食用にするため大量に捕獲したことという。

歌の作者は隣家のチワワを見て、メキシコの歴史を思う。侵略によって滅びたテチチも哀れだが、品種改良を重ねに重ねて愛玩されるチワワにも哀れさはあるような——。人間の好みに合わせて改良された結果、先天的な病気や健康リスクを抱える犬種は少なくない。「隣家のチワワ」という身近な存在と、遠く離れた時代のメキシコの対比に、人間の身勝手さを思う。

人間のために生きつつ人間の六倍速で老いる生き物　　高野　公彦

詠まれている「生き物」は犬だろうか。犬は大きさや犬種にもよるが、平均して人間の四〜七倍の速さで年をとると言われている。犬も猫も性成熟が早く、一歳になると人間の二十歳くらいに相当し、その後は一年ごとに人間の四年分の年齢を重ねてゆく計算になる。

あっさりと詠まれた一首に見えるが、「人間のために」生きるという表現が切ない。犬や猫は「ペット」と呼ばれることが多かったが、一九八〇年代半ばから「コンパニオン・アニマル（伴侶動物）」という名称が日本でも知られるようになった。愛玩するだけではなく、心をかよわせる家族のような存在だということを指す呼称だ。その一方で、捨てられる犬や猫はまだまだ多い。「六倍速で老いる」存在を最後までかわいがる責任を自覚したい。

絶滅

うつくしき信濃の月の夜の湖底　ナウマン象が群れなして過ぐ　　渋谷　祐子

ナウマンゾウは二万八〇〇〇年前まで日本に生息していたゾウの一種である。室町時代以降、外国から何度かゾウが運ばれたという記録があり、一七二八（享保十三）年に徳川吉宗への献上品としてベトナムから来たゾウは、長崎から江戸まで歩いて移動したため、大評判になったという。当時の人々は、もともと日本にもゾウがいたなんて思ってもみなかっただろう。

日本各地で化石が見つかっているが、最も多く見つかっている場所のひとつが長野県信濃町にある野尻湖だ。この歌に詠まれている「信濃」の「湖底」は野尻湖のことと思われる。作者は遥か昔の湖畔を想像し、「ナウマン象」の群れをありありと思い描く。「月の夜」が幻想的な雰囲気なので、想像上の象たちが湖底を歩んでいると解釈しても楽しい。

野尻湖発掘わが生年に始まりきいのちの記憶掘るはたのしも　　土屋千鶴子

野尻湖の第一次発掘調査は一九六二年に始まった。ナウマンゾウの臼歯の化石が見つかったのがきっかけだったという。歌の作者は、それが自分の生まれた年であることに何だか嬉しくなった。野尻湖の湖底からはナウマンゾウの臼歯や頭骨のほか、一万四〇〇〇年前ごろまで日本列島に生息していた大型のシカ、ヤベオオツノジカのツノや上腕骨の化石など、多くの化石が見つかっている。遥か昔に生きた動物の化石を「いのちの記憶」と表現した明るさが魅力的な一首である。

地球の歴史をたどると、絶滅した動物の多さに圧倒される。環境の変化に適応できなかったり、他の動物との共生がうまくいかなかったり、原因はさまざまだ。その中には人間が捕獲し過ぎたことも含まれる。

人間に滅ぼされたるドードーや愚鳩の愚とは誰のことならん　　北辻　一展

ドードーはかつてモーリシャス島に生息していた鳥で、一七世紀に絶滅した。食用に乱獲されたり人間が島に持ち込んだ犬や猫が卵を食べてしまったりしたのが原因と考えられている。空を飛べず地上を歩いて移動するため、捕らえられやすかったらしい。一八六五年にルイス・キャロルが書いた『不思議の国のアリス』に登場することもあって、多くの文学作品やマンガ、映画などに登場してきた。

「愚鳩」はドードーがハト目に属することから付けられた名称だろうが、歌の作者は大いに憤慨する。人間によって滅ぼされた鳥を愚かと言えるのか、自分の都合を優先して貴重な種を絶滅させた人間の方こそ愚かではないのか——今なお、さまざまな人間活動によって環境破壊が進み、多くの種が激減している。そのことも考えさせられる。

絶滅種ペン画で描かれるさみしさよステラーカイギュウの母と子が浮かぶ　鈴木加成太

ステラーカイギュウは、一八世紀前半に発見された大型の海生哺乳類だ。ジュゴンなどと同じカイギュウ属で、太平洋の最北域、ベーリング海に生息していたが、発見されてから三〇年もたたないうちに目撃情報が途絶え、今では絶滅したと考えられている。動きが鈍く、人間への警戒心がなかったことで乱獲の対象となり、あっという間に姿を消したという。

作者は、ステラーカイギュウの母子を描いたペン画に見入り、彼らが人間のために滅ぼされたことに痛みを覚えている。ペン画の繊細なイメージは、ステラーカイギュウの穏やかな性格や、そのために滅びに至った儚さとも重なるようだ。

緩慢にわれも滅ぶか要するにヨウスコウカワイルカの如く　松木　秀

水族館のイルカショーなどでおなじみのマイルカ類は、「海豚」と書かれるように海に生息している。しかし、カワイルカ類はもっと原始的な種で、主に淡水域に棲む。中新世にクジラやイルカが繁栄し、多くの種に分かれる中で、マイルカ類は古い型のカワイルカを排除して発展してきた。現在、淡水に生息するカワイルカは四種しかいないが、その中の一つ、ヨウスコウカワイルカは絶滅したのではないかと危ぶまれている。一九八〇年前後に四〇〇頭が確認されたが、九〇年ごろには三〇頭まで減り、二〇〇六年に行われた大規模調査では個体を確認することができなかった。国際自然保護連合は翌年、絶滅した可能性が高いと発表した。

ある生物種が絶滅したという断定はなかなか難しく、最後の個体がいつ死んだか、ということはほとんどわからない。歌の作者は、自分はもうダメになってしまうのではないか、と思うほど葛藤を抱えているようで、自身とヨウスコウカワイルカを重ねてみた。絶滅したことが決定的になったわけではないが、実質的にはもう絶滅している……そんな作者の危うさに読者も悲しくなってしまう。

しかし、いったん絶滅したと思われた種が、「再発見」されるケースも稀にある。

一度絶えしクニマス戻し銀盤のリンクのごとく田沢湖光る　　島　邦生

クニマスの祖先は、食卓でおなじみのベニザケである。サケ類は川で生まれて海に下り、産卵のため再び川へ戻る習性がある。氷期と間氷期が繰り返される数万年単位の気候変動によって、海に戻れなくなったベニザケ（陸封型）は、各地でそれぞれの進化を遂げたのだが、秋田県の田沢湖のクニマスもその一つである。

昭和初期、水力発電のため田沢湖に強酸性の川の水を引き込んだことで、クニマスは湖からいなくなった。ところが二〇一〇年十二月、山梨県の西湖でクニマスが七〇年ぶりに「発見」されたことが報じられる。明治から昭和にかけて、各地で盛んに移植放流が行われたため、クニマスも田沢湖から遠く離れた西湖へ運ばれ人知れず生息し続けていたのだ。人間の都合で一度姿を消した生物が、新たに見つかった例はほとんどない。このニュースを喜ぶ作者の目には、きらめく湖面が「銀盤のリンク」のように美しく見えた。歌には「戻し」とあるが、まだクニマスは田沢湖に戻っておらず、地元では再びクニマスが生息できるよう、湖の水質を改善するプロジェクトが進められている。その計画が実現したとき、湖面はいっそう輝いて見えるに違いない。

そのいのち思へば絶滅危惧種なり鰻なき夏あやめも咲かじ　　馬場あき子

ウナギは絶滅危惧種である。二〇〇七年、野生生物の絶滅を防ぐためのワシントン条約締約国会議でヨーロッパウナギが規制の対象種になったのに続き、ニホンウナギも二〇一四年から絶滅危惧種の指定を受けている。それにもかかわらず日本人は世界のウナギの七割を消費しており、夏は特に暑さバテを防ぐためと称して盛んにウナギの蒲焼きが販売される。

　作者は、いつの日かウナギが絶滅し、ウナギの蒲焼きなど売ろうにも売れない夏が来るのではないかと想像する。そして、そんな夏が来たなら、きっとアヤメの花も咲かないに違いない、と思うのである。アヤメは古くから日本人に愛されてきた花で、家紋や社寺の紋にも多く使われている。そのアヤメが咲かなくなるというのは何とも不吉だ。作者はウナギの絶滅をそれほど深刻にとらえており、打ち消しの推量を表わす助動詞「じ」が一首の最後に重く響いてくる。


〈ホッキョクグマ二〇三〇年絶滅〉の話　〈恋絶滅〉の話もやがて　　米川千嘉子

　温暖化の影響で極地の氷が溶け始めている。特に北極圏では、氷の面積も厚さも大きく減少しており、氷の上を棲みかとするホッキョクグマが今後生き延びることができるかどうか懸念される。気候変動に関する政府間パネル（IPCC）は、このままでは二〇三〇年夏季までに海氷がなくなると予測している。

　二〇三〇年という目前に迫るホッキョクグマの危機に、作者は暗然とする。そして、動物園の人気者で誰もがよく知る愛らしい姿を思いつつ、「もしかすると、人間の恋愛も遠からず絶滅するかもしれない……」と思うのだ。ずっとその存在が当たり前だと思っていたものが徐々に減ってゆき、ある時点でたやすく失われるのが「絶滅」である。日本における生涯未婚率の上昇や少子化傾向の背景に、恋愛指向が薄れている現実があるのは否めない。ホッキョクグマの絶滅が近いことにもはや驚かない作者は、恋をしない若者たちの未来を危ぶんでいる。

植物

植物とは何か――。子どものころは「動くのが動物、動かないのが植物」と単純に考えていたが、サンゴは岩などに固着しているし、食虫植物のハエトリグサは素早く動いて虫をつかまえる。近年は、植物が情報や栄養を交換し合っているシステムもわかってきた。

また二〇二三年四月には、福井工業大学、北海道大学などの研究チームが、藻類から葉緑体を奪って光合成をする単細胞生物「ラパザ」の発見について発表した。ラパザは奪った葉緑体と自分の細胞を融合させ、植物のように光合成を行う。光合成能力が低下すると、また新たに葉緑体を取り込むという。

地球上に存在する植物は約三〇万種とされる。まだまだ謎の多い植物の生態が明らかになれば、動物との境界はさらに薄れるのかもしれない。

有用性

植物の作り出すさまざまな物質は、古くから人間の暮らしを支えてきた。最も身近なものの一つが薬用成分である。

ケシの実から採取されたアヘンは紀元前から鎮痛剤として用いられ、ケシを原料とするモルヒネは今もさまざまな痛みを緩和するために使われている。八角という名称で知られるトウシキミの果実は、インフルエンザの特効薬とされるタミフルの原料である。二〇世紀以降、多くの薬物は植物や動物、鉱物などに含まれる有効成分を抽出し、化学合成することで作られており、ゲノム創薬においても未知の植物成分には大きな可能性が潜むと期待されている。

アスピリンは柳由来と知りしより頭痛はほそく川辺にそよぐ　　永田　紅

聖徳太子の笏の木イチヰ抗がん剤ドセタキセルとなりて吾に入る　　森川多佳子

解熱鎮痛剤としてなじみ深いアスピリンは、ヤナギの樹皮から抽出されたサリチル酸を参考に合成された薬である。古代ギリシャ・ローマの時代から、ヤナギの樹皮は痛み止めに使われていたという。一首目の作者は、それを知って以来、頭痛がしてアスピリンを飲むたびに、たおやかなヤナギの姿を思うようになった。頭痛が「ほそく」「川辺にそよぐ」という表現によって、まるでヤナギの精霊と化したような不思議な雰囲気が生まれている。

二首目は、「聖徳太子の笏」と始まるのが面白い。「笏」は、公家の男子が正装する際、手にした細長い板を指す。聖徳太子の描かれた古い紙幣を思い出せば、「ああ、あれか」とわかる人も多いだろう。それがイチイの木で作られていたという。この名前は、朝廷官人の位の最高位「正一位」に由来するらしい。

抗がん剤「ドセタキセル」は、イチイ科の植物成分を原料に半合成された化合物で、がん細胞の増殖を阻害する。乳がんと診断された作者は、この薬剤を点滴で注入されながら、遠い飛鳥時代に思いを馳せているのだ。さまざまな不安がわき上がっているだろうが、治療薬の成分とイチイの関係を知り、何か慰められるような思いを味わったのではないだろうか。

実は、笏が正装の一部として定着したのは平安時代だったという説がある。しかし、笏を持った聖徳太子の肖像は広く浸透しているし、何より闘病中の歌の作者を支える役目を果たしたのだから、あの像はあの像でよいと私は思う。

ベニバナ赤色素スピルリナ青色素ひなあられに混じる花と藻類　　米川千嘉子

植物のもつ色素は、染織など昔から人間の暮らしに役立てられてきた。ベニバナ（紅花）は名の通り、赤い色素カルタミンをもつ。スピルリナは藍藻類の一種で、鮮やかなブルーの色素フィコシアニンをもつ。作者は「ひなあられ」のパッケージに記された成分を何気なく眺めていたのだろうか。陸地に生えるベニバナと、強アルカリ性の塩水湖に生えるスピルリナが、愛らしい菓子に生まれ変わって、ひとつの袋の中で交じり合っていることを面白く思ったのだろう。ベニバナの雅称は「末摘花」なので、かつて日本文学を専攻した作者にとっては『源氏物語』に登場する女性も想起させ、興を感じたのかもしれない。

結句の「花と藻類」が、どちらも地球の歴史を大きく変えたことも思う。かつて藻類の一種とされた藍藻は、今から三〇億年ほど前の地球に現れた。現在ではバクテリアの仲間として扱われることが多いが、光合成をする藍藻が繁茂したおかげで酸素と有機物が安定的に産生され、現在に至る豊かな生態系ができあがった。一方、花を咲かせる被子植物が現れたのは、一億三五〇〇万年ほど前のことだ。繁殖スピードの速い被子植物の繁茂は、恐竜の食物となる裸子植物の森林を北方へ追いやり、そのために恐竜が滅んでしまったとも考えられている。そんな大きな役割を果たした「花と藻類」の成分がひなあられに用いられ、一緒に小さな袋に入れられていることの妙を作者は思ったのではないだろうか。

品種改良

一房の巨峰重たき熱もてり近代の巨大異変種の末　　馬場あき子

葡萄の名覚えきれないほどありて砂に痩せたり一本の母木

ブドウは最古の果物の一つと言われる。原種は大きく分けて二つあるというが、今では世界で一万種以上が作られている。一首目の「巨峰」は、巨大な粒を形成する変異種を二つ掛け合わせて作られ、一九四六年に発表された品種で今も人気が高い。作者は、その大きな粒に近代日本が帯びていた「重たき熱」を連想した。ずっしりとした房の持ち重りに、何か危ういものを感じたのではないか。

二首目では、「覚えきれないほど」多様な品種が生まれている状況が詠まれている。果皮も食べられるシャインマスカット、粒が立体的なハート型をしたマイハート、甲斐路、ルビーロマン……と、次々に新しいブドウが登場している。消費者にとっては嬉しい状況だが、作者はそれらのブドウの「母木」のことを想像する。もちろん、そんな木は存在しない。しかし、作者は、品種改良が繰り返されたことで、何かもともとのブドウの持っていた豊かで力強い生命力が失われ、痩せ衰えてしまったのではないかと思うのだ。品種改良の果てに農作物はどうなってしまうのだろう、という畏れも感じられる歌である。

タンパクを抜きたる米の不味さなど言ふひととゐて食をつつしむ　　真中　朋久

昔の人は現代人よりも米飯をたくさん食べていた。コメは大事なたんぱく源でもあったのだ。しかし、たんぱく質には水分を通さない性質があるため、含有量が多いと、炊き上がったときの粘り気が少なく食味が悪いとされる。だから、コメの品種改良は、たんぱく質を減らす方向で進められてきた。玄米に含まれるたんぱく質は平均６・８％だが、最近の食味を競うコンクールでは５％台の品種も出ているという。

作者とともに食事をしている人は、農業関係の人だろうか。コンクールで入賞するような品種について、それほどおいしいものではないと主張している。作者にとっては専門外のことであるし、「うーん、やっぱりたんぱく質含有量の少ない銘柄米はおいしいんじゃない？」という気持ちもあるかもしれないが、そこは黙っている。「食をつつしむ」という結句には、「言葉をつつしむ」「コメントを差し控える」というニュアンスもありそうだ。

遺伝子組み換え

アラビドプシス　ペンペン草の一種なり遺伝子組み換へモデル植物
シロイヌナヅナとも呼ばれて遺伝子を操作されしが逃げ出しにけり

永田　和宏

アブラナ科のシロイヌナズナは、一首目にあるように「モデル植物」だ。遺伝学的な研究をする際、「育てるのに場所をとらない」「発芽から種をつけるまでの期間が短い」「ゲノムのサイズが小さい」といった長所をもつためだ。作者は一首目で「アラビドプシス、なんて言うとわからないけれど、ほら、その辺にはえているペンペン草なんだよ」と説明する。

二首目の「遺伝子を操作され」たシロイヌナズナが、「逃げ出しにけり」というのは、二〇一六年に奈良先端科学技術大学院大学のキャンパス内で、遺伝子を組み換えたシロイヌナズナの株が植物栽培室から「漏出」した出来事を指すと思われる。遺伝子組み換え植物に関しては、自然界に広がって生態系に影響を与えないよう、厳しい規制措置が講じられている。漏出事故はゆゆしきことだったが、作者はまるでシロイヌナズナが自ら逃げ出したような表現をしている。「こんなに世界中で遺伝子をいじられ続けて、そりゃあ、イヤになるよな」とでも言いたげな歌は、実験植物になり代わって詠まれたようで、笑ってしまう。

青き薔薇さらに青くと遺伝子の組み換へ成さる五月のラボに　栗木京子

科学また世界壊すとひとはいふ　青薔薇よきみはいかにおもふか　坂井修一

かつて「青いバラ（blue rose）」は、「不可能なこと」「あり得ないもの」の代名詞だった。バラの花弁には青い色のもとになる酵素が働かないからだ。その不可能なことを遺伝子組み換え技術によって実現させようという取り組みが実を結び、二〇〇二年に世界で初めて青いバラが誕生した。研究開発したサントリーはその後も、より青いバラを咲かせようと取り組んでいる。

一首目は、ちょうどバラの咲く季節である「五月」が詠まれていて、さわやかな雰囲気の歌だ。

「青き薔薇さらに青くと」のリフレインも美しく、遺伝子組み換えに対する抵抗感のようなものはない。二首目の方は、何らかの科学技術が世界を「壊す」と批判されたことに対し、青いバラに問いかける形でそれをかわそうとしているように読める。どんな科学技術も、それ自体は善でも悪でもない。遺伝子組み換えも、原子力やドローン技術も、どう使うかが問われるべきであって、それ自体の良否を評価することなどできないだろう。作者は、そうした考えを縷々述べるような野暮なことはせず、美しく咲いた青いバラに向かって「きみはどう思う？　美しい薔薇よ」と問いかけてみせるのである。

雌雄異株

雄木雌木のなければ結実せぬキーウィかかる孤りを生きおり我は　　田村　広志

雌雄の別をもつ植物は、意外に多い。その代表的なものがイチョウであることを、教科書で習った人は多いだろう。歌に詠まれているキウイフルーツも、ほとんどの品種が雌雄異株なので、「雄木雌木」が揃っていなければ実を結ばない。作者はそのことを知り、実らぬキウイフルーツの木の寂しさを、独身の自分と重ねてみた。

沖縄へ移り住んだとき、私にとって一番印象的だったのは気候の違いよりも植生の違いだった。

ソメイヨシノも咲かないし、イチョウの落葉も見られないのが、何とも寂しかった。あるとき、石垣島に生まれ育った男性を取材していて、「雌雄異株」の話になったことがある。昭和一ケタ生まれの彼が、「小学生のころ、理科の教科書にイチョウが出てきたけれど、見たこともない植物だから、どうしても理解できなかった。あのとき、フクギと同じだよと教わっていたら、すぐわかったのに」と残念そうな表情で話したのが忘れられない。フクギは丈夫な常緑高木で、台風にも強いため沖縄県や奄美諸島で防風林として植えられていることが多い。八月から九月にかけてビワの実に似たオレンジがかった黄色い実をつけ、島の子どもたちにはなじみ深い植物だ。「雌雄異株」と聞くと、いつも思い出すエピソードである。

外来種

海のぞむ丘の無住の禅寺のをちこちに咲く西洋タンポポ　　安田　純生

作者は住職のいなくなった禅寺を訪れた際、境内のあちこちにセイヨウタンポポが咲いていることに、胸を衝かれたようだ。住職がいれば掃除や手入れが行き届き、雑草がはびこることもない。タンポポの花は愛らしいが、人の住まなくなった禅寺の寂しさを突きつけられる思いだっただろう。

セイヨウタンポポはヨーロッパ原産の帰化植物である。明治期に北海道へ持ち込まれたと見られ、植物学者、牧野富太郎は一九〇四年、学会誌「植物学雑誌」にセイヨウタンポポが札幌に繁茂しており、やがて日本中に広がると思われることを報告している。牧野の予想通りセイヨウタンポポはあっという間に増え、在来のタンポポが減ってしまったため、環境省は生態系被害防止外来種に指定している。過疎化や核家族化の影響で寺院の経営は厳しくなっており、無住寺院は増える一方だという。こうした状況と、セイヨウタンポポが在来種にとって代わりつつある状況は、とどめることの難しい世の移り変わりということで重なるかもしれない。タンポポはそんな人間界の事情とは関係なく、元気に咲き続ける。

きれいだと気を許してはなりませんツルニチニチサウが庭を覆へる　　永田　和宏

ツルニチニチソウもヨーロッパ原産で、生態系被害防止外来種としてリストアップされている。明治期に観賞用植物として入ってきた多年草だ。美しい紫色の花を咲かせるが、歌の作者が「きれいだと気を許しては……」と言うように、一度植えると取り除くのがなかなか難しいらしい。寒さにも乾燥にも強いので繁殖しやすく、各地で野生化が進む。歌に詠まれている「庭」は、作者の自宅の庭だろうか。そうであれば、「気を許してはなりません」は、かつて不用意にツルニチニチソウを植えてしまった自分への遅すぎる戒めである。

あめりかの大地愉快に這ひまはる日本原産外来種の葛

森川多佳子

この歌は、最後の最後に「葛」が登場し、読者を驚かせる作りになっている。「あめりかの大地」を這い回っている、というので、どんな動物かと思っていると、見事に作者の仕掛けにはまってしまう。

多くの日本人にとってクズは、葛湯や葛まんじゅうといった菓子や、風邪をひいたときに飲む葛根湯など漢方薬の材料として、親しみ深い植物だろう。秋の七草の一つであり、「葛の花　踏みしだかれて、色あたらし。この山道を行きし人あり」という釈迢空の名歌も思い出す。ところが、この蔓植物は、国際自然保護連合によって「世界の侵略的外来種ワースト100」に指定されている。

クズが初めて「あめりかの大地」に進出したのは、一八七六年にフィラデルフィアで開催された万国博覧会のときである。会場の装飾に使われたアジア原産のクズは、珍しい園芸植物として販売されるようになっただけでなく、中西部のダストボウルによる土壌浸食を防ぐ有用な植物として植え付けられた。しかし、二〇世紀後半になると、その旺盛な繁茂力で他の植物を圧倒し、「グリーンモンスター」と呼ばれるほど嫌われ者になってしまった。

日本国内でもクズはあちこちで繁っているが、竹林の多いことなどから他の植物とのバランスが比較的保たれているという。競争相手のいないアメリカで、存分に繁茂したクズはさぞ「愉快」だったろう、と想像する作者のまなざしもまた愉快である。

光合成

「夏だ」「夏だ」ひとつひとつの葉の中で光合成の回路がうなる　　笹本　碧

光のエネルギーを化学エネルギーに変換し、有機物を作り出す光合成の仕組みは、なんと素晴らしいものだろう。植物が光合成を行うおかげで、私たちに必要な酸素が生み出され、大気中の二酸化炭素が消費される——。

歌の作者は「ひとつひとつの葉」を見て、そこで盛んに行われているエネルギー変換に感動している。緑の葉っぱが互いに「夏だ」「夏だ」と喜び合いつつ光合成をしている楽しい場面として詠まれているが、結句の「回路」という表現に「おや？」と思う。一枚ずつの葉を電気回路に喩えたのかな、と考えたが、光合成反応において葉緑体の中で起こる反応、「カルビン・ベンソン回路」も踏まえているのだろう。作者は幼い頃から自然が大好きで、東京農業大学の森林総合科学科で学んだから、カルビン回路のことはもちろん知っていたに違いないが、実際に電気回路のような仕組みなので比喩として読んでもかまわない。「ひとつひとつの葉」が精密な機械のように働いていることに感動しつつ、木々の葉を見つめる作者のまなざしは深い。

ヒトわれは光合成ができなくて草木《さうもく》を食み鳥獣を食む　高野　公彦

植物は光合成をするので、水と光と土さえあれば、まず生きてゆける。しかし、人間はそうはいかない。歌の作者は、日々野菜や果物、そして鳥獣などの肉を食べて生きている自分の日常と、植物を比較して、申しわけないような思いでいるようだ。日常の食事について、よく「命をいただく」という言い方がされるが、その理由として光合成ができないから、と考えたことはなかった。「光合成のできる植物は素晴らしいなぁ」という作者の発想に感じ入る。

植物とは…

植物のしずかなる逆襲として人を侵せる花粉と果実　久山　倫代

少し変わった植物観である。それもそのはず、作者は皮膚科医なので、スギやブタクサなどの花粉症、また、さまざまな果物によるアレルギー症状に苦しむ人を多く診てきて、「花粉と果実」の「逆襲」という言葉が出てきたのだ。

スギ花粉症の患者は五人に一人といわれる。私は幸い今のところ発症していないのだが、周囲で苦労している人は多く、自分はよほど頑健にできているのだな、と少々恥ずかしくもなる。いま住んでいる石垣島にはスギがなく、スギ花粉の飛散する季節は他県から石垣に来て長期滞在する人もいる。

花粉症を発症すると果物アレルギーを発症することも少なくない。例えば、カモガヤなどイネ科の花粉症になると、ウリ科のメロンやスイカ、マメ科のピーナッツのアレルギーを起こしやすい、ヒノキ科のスギの花粉症を発症するとナス科のトマトに症状が出やすい、といった関連がある。果物や野菜には、花粉症の原因となるたんぱく質と似た構造のたんぱく質を含むものがあり、それが体内に入ると体が花粉だと勘違いして攻撃するためにアレルギー症状が出るのだ。

作者はなぜ「しずかなる逆襲」というとらえ方をしたのだろう。考えてみると、人間は自分たちのために品種改良を進めたり一つの種ばかり栽培したり、と植物の側からすると暴挙の限りを尽くしてきた。「花粉と果実」は植物にとって有効な生存戦略だが、それが人間にアレルギー症状を起こさせるというのは、やはり復讐の一つの形なのかもしれない。

草木は代々《よよ》の旅びと鳥や蝶風に搬ばれ落ちた地を生く　　田村　広志

植物は子孫を増やすために、花粉や種子を鳥や昆虫、風に運んでもらうという戦略をもっている。この歌の作者は、そうした仕組みに着目し、「草木は代々の旅びと」と表現した。種子の旅は、どこへ運ばれるかは風まかせ、鳥まかせ、という気ままな旅に思えるが、生育に適した土壌に落としてもらえるかどうかはわからない。それでも、作者は落とされた地で何とか生きようとする植物の姿に、自分もまた生まれた時代や環境を受け入れて生きなければ、と思っているようだ。

本当は植物たちからこの星を借りているだけ　枝毛みつけた
進化論は地球でいちばん大きな樹その枝先に今日も目覚める　　笹本　碧

長い地球の歴史の中で、植物が果たした役割はとてつもなく大きい。約五億年前に陸上植物が誕生し、分布域を広げてゆく過程で大気中の二酸化炭素が減り、地球の気候が変化した。土が誕生したのも、植物によるところが大きい。そのことで植物自体も進化したが、陸上動物や昆虫の多様化が加速した。ヒトはそのプロセスでたまたま出現した一つの種に過ぎない。植物を食べ、燃料として活用し、さまざまな材料に用い……と、私たちは植物なしには一日たりとも生きていけない。「この星を借りているだけ」ということは、森林と人類の関係を学んだ作者にとっては、この上なく当たり前のことなのだ。

「人間は、自分たちだけの力で生きてきたみたいに思っているけれど、植物たちから地球を一時的に借りているだけのちっぽけな存在なんだってば」――そう言いたげな作者の表情は、一首目の最後の「枝毛みつけた」で、より明らかになる。深刻な顔で地球について語っているのではない。毛先をチェックしながら「本当はね……」と親しい友達とでも話していたところ、枝毛を発見し、思わず「あ、みつけた！」と声を上げてしまった。そんな場面として表現されているところがとてもいい。

二首目には、人間もさまざまな生物たちも、大樹の「枝先」に生きる存在だということが詠まれている。従来の系統樹は遺伝子解析など新しい手法によって、どんどん書き換えられており、どの種が最も進化しているとか、最も優れているということはない。「今日も目覚める」には、生きている日々への限りない喜びが表現されている。この喜びと、「植物たちからこの星を借りている」という認識を、多くの人と分かち合いたい。

第4章

美しい地球

水と緑に恵まれた地球は、生命にあふれる惑星である。多様な生物が生息しているというだけではない。地殻変動や火山活動が起こるのは、地球内部で巨大なエネルギーが発生しているからで、地球自体が「生きている星」なのだ。そのために起こる火山の噴火や地震、津波に対し、人間のできることは小さい。自然の前に無力さを突きつけられるばかりだが、私たちはどう生きてゆけばよいのだろうか——。

東日本大震災

二〇一一年三月十一日、東北地方の太平洋沖で、マグニチュード9・0の巨大地震が起こった。震源域は広く、岩手県沖から茨城県沖にまで及んだ。最大震度7を記録した。

地震が発生したとき、私はその前年に移り住んだ沖縄県石垣市の自宅にいた。たまたまつけていたテレビから緊急地震速報を知らせる音が響き、画面に見入った。広範囲にわたって津波警報が出され、一時間もしないうちに各地の津波の映像が流れ始めた。初めは注意報の出ていなかった石垣島にまで、最終的には警報が出た。

警報音鳴りて寸時もあらずして家の骨格は激しく軋む　佐藤　通雅

宮城県仙台市に住む作者は、震度6弱の揺れを体験した。緊急地震速報が出て実際に強い揺れが到達するまでの時間は、数秒から長くても十数秒ほどしかない。「寸時もあらずして」には切迫した状況が感じられる。「家の骨格」が軋むほどの激震だったが、幸い作者の家は倒壊を免れたという。

突然の揺れに思はず地に伏せば目前の舗装たちまちに裂く　佐藤　祐禎

作者が住んでいたのは、福島第一原子力発電所のある福島県双葉郡大熊町である。地震後、町全域が「避難指示区域」「警戒区域」となり、すべての住民が町外への避難生活を強いられた。震度6強の揺れが舗装された路面を一瞬に裂く様子は、どんなにか恐ろしかっただろう。

うつくしき岸を持たりしみちのくのからだ津波にぶんなぐらるる　本田　一弘

破壊してなほ破砕して一村を崩滅したり大海嘯は　一ノ関忠人

一首目の作者は地震発生時、福島県会津若松市の県立高校に勤めていた。震度5強の揺れを実際に体験したことが、「ぶんなぐらるる」という身体的な表現に繋がっているのだろう。「うつくしき岸」は、狭い湾や入り江が複雑に入り組んだリアス式海岸を指し、「みちのく」という古名には、福島出身の作者がふるさとに抱く深い思いが感じられる。

二首目の「海嘯」は、河口に入った潮の流れが川を逆流する現象だ。大地震は沿岸部だけでなく、河口から遠く離れた内陸部にも甚大な被害を及ぼした。「破壊」「破砕」「崩滅」と漢語が重ねられ、最後に「大海嘯」が来る一首は、重い響きに満ちている。

波の手の黒い指先まっ黒い水が地面を這い上がってくる　　青沼ひろ子

東北を襲った津波は「まっ黒い水」が特徴だった。これは、海底に堆積したヘドロが大量に巻き上げられたためと見られる。専門家によると、津波の後に陸地に残された海水を分析したところ、そうした細かい粒子を多く含み、体積当たりの重量は通常の海水よりも10％ほど重かった。このため、津波の破壊力が増し、水量の割に被害が大きかったと考えられている。同じ水位であっても「まっ黒い水」の方が通常の海水よりも足を取られやすく、死者の多さにも関係していたはずだ。

歌の作者は、津波を「黒い指先」と表現した。恐ろしい速さで黒い海水が内陸部へ押し寄せる様子を「這い上がってくる」と表し、魔物の手が迫ってくるような不気味さを感じさせる。

街灯りすべてが消えし地震《なゐ》の夜のひときはかがよふ満天の星　　千葉なおみ

夥しい命が奪われた三月十一日の夜、被災地の上空にはいつも以上に星が輝いていたという。被災した人の多くが「震災の夜は星がきれいだった」と回想している。作者は仙台市に住んでおり、実際にその空を見上げた。「街灯りすべてが消え」た大規模停電のせいでもあっただろうが、不思議なくらい見事な星空を、多くの人が救援を待ちながら、不安と寒さに震えながら見上げていた。

むかし海だった　と語り継がれていた処まできっちりと津波は達しておりぬ　　熊谷　龍子

作者は宮城県気仙沼市に住む。海から一〇キロ以上離れているエリアだったので、被災はしなかったが、そのことに対する罪悪感を抱き、震災をなかなか歌に詠むことができなかったと振り返る。埋め立てや治水工事などで地形が変わっても、古地図や言い伝えによって「むかし海だった」ことがわかる。津波がそこまで押し寄せたことへの恐怖心だけでなく、自然の正直さとも言うべき事実への畏れが「きっちりと」から感じられる。

貞観の津波来しとふ跡に立ち海までの距離四キロ思ふ　千葉なおみ

「貞観の津波」とは、八六九（貞観十一）年五月に陸奥国（現在の青森、岩手、福島、宮城と秋田の一部）東方沖を震源とする地震で起きた大津波を指す。この津波については、産業技術総合研究所のグループが二〇〇五年から五年計画で、石巻平野や仙台平野で貞観地震の津波堆積物を調べるなど、数回にわたって調査が行われていた。宮城県石巻市や岩手県上閉伊郡大槌町、福島県双葉郡浪江町など、東日本大震災でも被害を受けたいくつもの地点で、過去の津波堆積物が見つかっている。その結果から新しい断層モデルが作られ、対策が講じられるはずだったが間に合わなかった。

作者は、海から「四キロ」も離れた地点に立ち、千年以上前の津波に思いを馳せた。大地震の発生する間隔は、人間の時間と比べものにならないくらい長い。地震学の研究には、過去の地震の検証が欠かせないが、史料となるのは記録文書だけではない。貞観津波を伝える和歌として注目されているのが、『後拾遺集』に収められた次の一首である。

契りきなかたみに袖をしぼりつつ末の松山波越さじとは　清原　元輔

涙に濡れた袖を互いに絞りつつ、私たちの愛は変わらないと契りましたよね。末の松山を波が決して越えないのと同じように、と――。小倉百人一首にも入っており、今も親しまれている歌だが、「末の松山」がどこを指すかについては長い間、「陸奥国の歌枕」「仮想の地名」など諸説あった。

東日本大震災以後、この歌の「波」は津波であり、「末の松山」は貞観地震の際に、津波がその近くまで迫りながら到達しなかった史実を踏まえているのではないか、という論考がいくつも発表された。実は、『大日本地名辞書』を編纂したことで知られる歴史学者、吉田東伍（一八六四～一九一八）は一九〇六（明治三十九）年に、平安時代の歴史書を読み解くことで、宮城県多賀城市にある宝国寺裏の小高い丘が「末の松山」だと特定する論文を著した。東日本大震災の津波も、「末の松山」を越すことはなかったのである。

阿賀野市立吉田東伍記念博物館館長（当時）の渡辺史生さんは震災直後、吉田の考察を紹介する論文を発表し、歴史地理学的手法に優れているだけでなく、将来の防災に役立てようと注意喚起した点を高く評価した。そして「私たちは東日本大震災の大津波の襲来を、『想定外』だったと片付けてしまうわけにはいきません」と話している。

原発事故とその後

大地震の起きた翌三月十二日午後、福島第一原子力発電所一号機で、水素爆発が起こった。激しい揺れによって電源が失われ、原子炉の冷却、使用済み核燃料プールの冷却ができなくなったためだった。

その日、私は何も手につかず、前日に続き被災地を映し出すテレビ中継に見入っていたが、原発から白煙が上がるのを見た瞬間、血の気が引いた。全身から力が抜けていくようだった。「私もこの事故に荷担した一人だ……」。そう思った。そのことしか考えられなかった。

新聞社で科学関係の取材をしていた一九九八年八月から一年間、科学技術庁(当時)を担当し、原子力行政についても原稿を書いた。MOX(ウラン・プルトニウム混合酸化物)燃料を用いたプルサーマル発電計画や、老朽化した原発の耐用年数延長などについて書いた自分の記事が、頭の中をぐるぐる巡った。

音もなく原子炉建屋爆発すインターネット動画の中に　　長谷川　櫂

テレビで見た「爆発」の様子は、遠くから撮影されたものだったから、確かに「音」はなかった。原発の「安全神話」は何度となく批判されてきたが、これほどの事故が日本で起こるとは誰もが思っていなかっただろう。作者は「インターネット動画の中」の爆発映像を見ながら、どこか現実ではないような気持ちも抱いていたのではないだろうか。私もまた、そうだった。

高木仁三郎読み居し日々は遠くなりぬけっきょくは読むだけだったのだ　　吉川　宏志

髙木仁三郎さんは、原発の危険性について警告し続けた市民科学者である。大学で核化学を学び、黎明期の原子力産業や研究所で技術者として働いた経験から、国の政策や原子力産業のあり方を問い続け、二〇〇〇年に亡くなった。

福島第一原発の事故後に詠まれたこの歌を読んだときにも、大きな衝撃を受けた。高木さんの名は、自分の恥ずかしい過去を思い出させるものだった。原発関係の記事を書くとき、高木さんの設立したシンクタンク「原子力資料情報室」には何度も問い合わせたり、コメントをもらったりした。私が科学技術庁担当になったのは、ちょうど彼が癌と診断され代表を辞めたころだったが、「原子力に依存しない社会」を目指して作られた資料情報室はいつも頼りになる存在だった。

しかし、その著作を読み込み、原子力行政に疑問を抱いていたかと言えばそうではない。にわか勉強で何とか原発の仕組みくらいは理解していたものの、国の方針をそのまま記事にするしかないほど無知だった。

歌の作者は「読み居し日々」と振り返っているので、高木さんの本を何冊も読んだのだろう。

私は忙しさにかまけて、きちんと読まなかった。職場の本棚に何冊か並んでいたが、ぱらぱらめくる程度で「読むだけだった」とも言えない程度だ。著作を読みふけり、一時的であってもその思想に傾倒した歌の作者の悔恨は深かったと思うが、それが羨ましく思えるほど自分の過去は情けない。

高木さんは一九九五年、日本物理学会誌に「核施設と非常事態――地震対策の検証を中心に」と題する文を寄稿した。阪神・淡路大震災を受け、老朽化の進む原発が大きな地震に襲われた際の危険性を指摘した内容だ。「原発や核燃料施設が通常兵器などで攻撃されたとき」「地震とともに津波に襲われたとき」など、いくつもの緊急事態を冷静に想定し対策を考えなければならないと警告している。こうした事態は今、当時以上に現実的なものと多くの人が受け止めているのではないだろうか。

かつて私は、東京電力など電力三社が、老朽化した原発の運転期間延長についてまとめた報告書について原稿を書いた。一九九九年当時、原子炉等規制法には運転期間に関する規定はなく、三〇年から四〇年が耐用年数とされていた。報告書は、それを大幅に超える六〇年程度の運転を想定した安全評価を盛り込んだものだった。その日の夕刊一面に「原発、60年運転可能に」という見出しの記事が掲載されたときの、そら恐ろしい気持ちを思い出す。

福島第一原発の事故後、原子炉等規制法は改正され、原発の運転期間は「原則四〇年」と規定された。二〇年を超えない範囲で一回のみ延長できるので、「最長六〇年」という制限が明記されたわけである。ところが二〇二三年五月、原子炉等規制法や原子力基本法、電気事業法など五つの法律の改正案をひと括りにした「GX（グリーントランスフォーメーション）脱炭素電源法」が成立し、「原則四〇年」という原発の運転期間の規定が削除されたうえ、実質的に六〇年を超える運転が可能になった。

いったいどこまで運転期間は延長されるのだろう。その間にまた大地震や、私たちの思いも寄らぬ出来事が起こりはしないだろうか――。

経帷子《シュラウド》・水の柩《ウォーター・コフィン》とぞ　はじめよりこの用の具を人は名付けき　　藤井　幸子

「シュラウド」も「ウォーター・コフィン」も、原発関係の用語である。シュラウド（shroud）は、沸騰水型原子炉の炉心部を覆う円筒形の構造物のことだが、もともとは「覆うもの」を意味し、死者を覆う経帷子《きょうかたびら》、埋葬布なども指す。ウォーター・コフィン（water coffin）の方は、原子炉で冷却材が失われた際、燃料棒を冷やすために格納容器を水で満たす非常措置を指す。福島第一原発の事故でも行われた作業である。なぜ「コフィン（棺）」と呼ぶかと言えば、一九八六年に旧ソ連のチェルノブイリ（チョルノービリ）原発で起きた爆発事故の際、事故炉を覆うコンクリート製の構造物が「石棺」と呼ばれたことに由来する。

歌の作者は、シュラウドに「経帷子」の字を当てたうえ、「水の柩」と並べ、「まあ、なんと不吉な名前だこと。はじめから人間は原発にこんな用語を当てていたのね」と言ってみせた。原子力発電に対する不信を突きつけ、痛烈に皮肉った一首である。

日本の五十四基の原発の稼働がとまりたる〈こどもの日〉　田宮　朋子

二〇一二年五月五日、国内の商業用原発五四基すべてが停止した。地震や津波の影響で運転できなくなった原子炉に加え、定期検査などのために稼働をやめる原発があったためだ。原発が全く稼働していない状態は、一九七〇年以来、四二年ぶりのことだった。

この歌には事実が淡々と詠まれているが、結句に「こどもの日」を持ってきたところから作者の思いを汲みとることができそうだ。もちろん、全原発の停止が五月五日だったのは偶然である。しかし、たまたまその日と重なったことを作者は何か、明るさをもたらす知らせとして受け取ったのではないだろうか。まるで、こどもの日を祝うかのように、すべての原発が稼働を停止した――それは、原発に依存しないエネルギー政策、原発のない世界の可能性を示す出来事とも解釈できる。

この「こどもの日」の二か月後、関西電力の二基が運転を始めた。しかし、翌二〇一三年九月に定期検査に入ったため、再び「原発稼働ゼロ」となり、その状態は二〇一五年八月まで約二年続いた。

むざんやな　をさなごの手にほのあかきヨウ化カリウム錠剤ひとつ　　高木　佳子

作者は福島県いわき市に住む。いわき市役所では原発事故後、放射能被害の予防策として、ヨウ化カリウムの錠剤を市民に配布した。ヨウ素は甲状腺に集まる性質があり、放射性ヨウ素が甲状腺に多く取り込まれると、甲状腺がんを発症する可能性があるためだ。

「むざんやな」という初句の「やな」は、間投詞「や」と終助詞「な」から成る。この古めかしい言い方が重々しく、無惨な印象をいっそう強めている。「をさなご」が作者自身の子か、そうでないかはわからないが、どちらにしても、被曝の影響を懸念して子どもたちにヨウ化カリウムを服用させるという異常事態が胸に迫る。

超音波機器あてられて少女らのもいろの喉はつかにひかる　　本田　一弘

作者は福島県内で高校教諭として働いている。福島県では、震災時に十八歳以下だった人を対象に二〇一一年から継続して甲状腺検査を行っている。のどの付け根あたりに診断用ゼリーを塗って超音波発信器を当て、甲状腺に結節や嚢胞といった異状がないかどうか画像を見て診断するという内容だ。教諭である作者は、検査を受ける生徒たちの様子を眺めながら、憤りや悲しみの入り交じった複雑な感情を抱えている。

「ももいろの喉」は、汚れを知らない存在そのものだ。事実のみが詠われているが、こうした光景は歌に詠まれたことで記録として残る。

抜けた乳歯を預かる歯医者あるという「何のために」と言いかけ気付く　三浦こうこ

作者は福島市在住。この歌は震災から六年後の二〇一七年に詠まれた。連作の中の一首で、前後の歌から、作者が近所の美容院で世間話をしている場面だとわかる。誰かが「抜けた乳歯」を集めている歯科クリニックのことを言い、「何のために……」と言いかけた作者は、次の瞬間はっと口をつぐむ。それが被曝量を計測するためだと思い至ったのだ。

原発事故によって放出された放射性物質の中で、ストロンチウム90は、化学的性質がカルシウムと似ているため骨や歯にたまりやすく、検出量によって被曝線量を推定できる。原発事故後、福島県を中心に全国から抜けた乳歯が集められ、研究者らによって放射線量の測定が行われた。現時点での調査結果では原発事故の影響は見られないというが、これまでにない調査内容であり、事故後の子どもたちの健康を案じる人たちにとっては、乳歯を集めるという、そのこと自体に怯える気持ちもあったに違いない。

震災前のものですからと言ひながら折り畳まるるこんぶを渡す　梶原さい子
あらたまの春のいのちのふきのたうよりCs《セシウム》が検出さるる　本田　一弘

一首目は、二〇一一年の暮れに詠まれた。作者は宮城県北部の大崎市に住んでいる。県産品の昆布だろうか、それを贈る際に「震災前のものですから（放射能の影響はありません。安全ですよ）」と説明しながら手渡している場面である。事実が淡々と詠まれているが、その胸中は痛みに満ちている。「以前なら、こんな説明はしなくてよかったのに……」と唇を噛みしめるような口惜しさ、悲しみがこみ上げてくる。

二首目は震災から三年後に詠まれた歌だ。雪の下から顔をのぞかせるフキノトウは、まさに「春のいのち」であり、「あらたまの」という枕詞によって大切さ、貴さが増すように感じられる。ところがそのフキノトウからも放射性セシウムが検出された。当然、食べることはできなかっただろう。

放射性のセシウム137は土壌に吸着しやすい性質があるうえ、半減期が三〇年と長い。このため、長期にわたって農産物に吸収されることになる。二〇二三年の時点で、福島など東北各県では、キノコや山菜などの出荷制限、出荷自粛が続いている。制限は徐々に解除されてきたが、全面解除になるのはいつになるかわからない。歌の作者は、底ごもるような怒りを内に秘めつつ、「あらたまの春のいのち」を汚したのは誰なのかと問いかけている。

生命に放射能識《しき》あらざりき地上に核分裂のさほどなければ　田中　濯

「放射能識」という見慣れぬ言葉に戸惑う。しかし、「六識」という仏教用語があり、眼識、耳識、鼻識、舌識、身識、意識という人間の感覚を指すので、作者はそれに準じて放射能を感じる能力を名付けたと想像できる。

地球上にはさまざまな生物がいて、環境に適応しながら進化してきた。磁場感覚をもつものや紫外線を感知するものがいるのは、何億年もの間、地球に地磁気が存在し、太陽から紫外線が降り注いできたからだ。しかし、放射能を感知する生き物はいない。原発事故が起きたとき、「放射能は目には見えず、匂いもない」という警告がしきりに繰り返されたのを思い出す。作者は、もし核分裂が頻繁に起こっていたら、放射能を感知する生き物がいたのかもしれないな、と考えた。そんな生き物がいないことを喜ぶのではなく、地球の歴史からすればほんの一瞬の存在でしかない人間がしでかしたことの大きさを悲しむ気持ちだろう。

感電せしネズミが冷却装置停む　わが実家にて否原《いな》発内部で　栗木　京子

二〇一三年三月、福島第一原発で一、三、四号機の使用済み核燃料プールの冷却システムなどで、最大二九時間にわたって停電した。原因は、仮設の配電盤にネズミが入り込んだことだった。歌の作者は、上の句でその事実を詠んだ後、下の句で「うちの実家のことかと思ったら、いえいえ、原発内部で起きたことだったんですよ」と含み笑いするような表現をしている。原発事故からたった二年しかたたない時期のトラブルに、原発の脆弱さを改めて懸念した人も少なくなかった。

高線量のわが地区は中間貯蔵地となりて三四十年帰れぬらしも　　佐藤　祐禎

作者、佐藤さんの自宅は福島県大熊町、福島第一原発から四・五キロメートルの地点にあった。農業を営む佐藤さんは、一九九〇年ごろから原発に不信と不安を抱き、その思いを詠んできた。この歌は二〇一二年一月、避難先のいわき市で詠まれた。「中間貯蔵」とは、放射性廃棄物や使用済み核燃料を一時的に保管することだ。福島の場合、原発事故により放射性物質で汚染された廃棄物や除染で取り除いた汚染土などを、地中に埋める最終処分場へ移送するまでの三〇年間、保管・管理することになっている。しかし、福島県外と定められた最終処分先は二〇二三年九月現在、未定である。

八十代の佐藤さんにとって、「三四十年」は果てしなく長い年月に感じられただろう。避難生活の中も歌を詠み続けたが二〇一三年三月、八十四歳で亡くなった。被災して病で倒れるまでの一年半に詠まれた歌は三千首に上り、家族や歌友らの協力によって二〇二二年に遺歌集『再び還らず』（いりの舎）として刊行された。

シベリアに地図にのらざる町ありて核廃棄物野積みさるとふ　　田宮　朋子

歌の作者は、ドキュメンタリー映画『放射性廃棄物——終わらない悪夢』（フランス、二〇〇九年）を観たのではないだろうか。この作品は「核のごみ」問題を追い、フランスのラ・アーグ核燃料再処理施設や、旧ソ連へ各国から使用済み核燃料が運ばれている実態などをルポしている。「地図にのらざる町」とあるのは、旧ソ連時代に秘密都市とされてきたシベリア奥地の都市、セヴェルスクのことと思われる。

結句の「野積み」という言葉は事実のようだ。映画では、フランスの再処理施設から運ばれた大量のウラン入りのコンテナが、セヴェルスクの施設内で屋根もない平地に並べられている様子も映っている。映画の中で、施設責任者は「密閉されているから危険ではない。屋根は必要ではない」と話すが、作者は驚きと不安を感じたのだろう。

原子力発電をすれば必ず使用済み核燃料が生じる。その中には、燃え残ったウランや、プルトニウムなど核分裂で生じた高レベルの放射性物質が含まれ、数十万年にわたって放射能を出し続ける。使用済み核燃料を廃棄物としてそのまま地中に埋める方法は「直接処分」（最終処分）と呼ばれるが、日本では、使用済み核燃料からウランとプルトニウムを取り出し、新たな燃料の原料として使えるようにする「再処理」で対応する計画を進めてきた。そのため、国内の原発から出た使用済み核燃料の多くは原発敷地内のプールなどに保管されている。

青森県上北郡六ヶ所村に建設中の再処理工場は、当初一九九七年に完成するはずだったが、度重なるトラブルの影響で、完成時期が二六回延期されている。人類に核廃棄物を適正に処理できる能力はあるのだろうか、地球上に果たしてそれが可能な場所はあるのだろうか――。

世界中の誰も消し方を知らぬ火を原子炉に再び熾すと言うも　森尻　理恵

手に負へぬ火をつくりだしなほ冥き道をゆくのか二足歩行に　土屋千鶴子

二〇一五年八月、鹿児島県の川内原発一号機が再稼働し、約二年間の「稼働原発ゼロ」の状態が終わった。原子炉の火について、一首目は「消し方を知らぬ火」、二首目は「手に負へぬ火」と表現した。もちろん制御可能な火だと考える人もいるだろうが、想定を超えるトラブルが起きた場合の手に負えなさを、私たちは東日本大震災後の原発事故で身にしみて知ったのではないだろうか。

一首目の作者は「再稼働反対！」などと声高には言わない。けれども、最後に置かれた詠嘆の「も」からは、「再び稼働させるというのか……」という嘆息にも似た思いが感じられる。二首目の作者は、「二足歩行」する人類が歩み続ける「冥き道」を見ている。「なほ」には、あんな大きな事故があったにもかかわらず、道を変更しない国の方針に対する疑念がこめられているようだ。「ゆくのか」という疑問形には「信じ難い」という驚きが感じられる。

水惑星

地球は別名を「水惑星」という。ほかの惑星や小惑星を探査するときも必ず、水の有無の確認が重要になる。生命がいるかどうかは水の存在にかかっているからだ。

かつて海かつて雨だった一粒をふうと吸いこむときの眩しさ　　笹本　碧

地球上に存在する水は、絶えず循環している。この作者は水を飲むときにそのことを思い、「かつて海」「かつて雨」だった水の粒子をいとおしむのである。水の循環のことを考えると、それが有限であることがしみじみと思われる。

南極のボストーク湖にはゴンドワナ大陸由来の水眠るとふ　　尾﨑　朗子

南極大陸には、氷だけではなく液体の水も存在する。氷床と呼ばれる厚い氷の層の底に、氷底湖と呼ばれる湖がいくつもあり、三五〇〇メートルの厚い氷床の下にあるボストーク湖は、その最大のものだ。

ゴンドワナ大陸は、二億年以上前に存在した「超大陸」と呼ばれる巨大な大陸である。それが分裂して今の南極大陸やアフリカ大陸、南米大陸になった。その過程で生まれた湖なので、ボストーク湖の湖水は海水ではなく淡水である。作者は、数千万年前の水を湛える湖の存在に感動して、この歌を詠んだのである。

長い間、閉じ込められたままの湖水には、独自に進化した多様なバクテリアが存在し、多くは新種だという。厚い氷の下に静かに眠り続けてきた水は、どんな夢を見ているのだろう。

ひと一人ひと生《よ》に使ふ水の量《かさ》　せきれいは小さく水を飲みそむ　　池谷しげみ

日本人が一日に使う水の量は二〇〇〜三〇〇リットルといわれる。「えっ、そんなに！」と驚くが、入浴やトイレ、洗濯などを合わせると、それくらいになるのだ。途上国の場合は五〇リットル程度というが、水道水ではなく、遠くの川や泉から汲んでくる場合も多い。

この歌の作者は、そうした世界の状況を思ったのだろうか。人が一生に使う水の量を想像して日々の生活を省みるような気持ちになり、庭先に訪れたセキレイが水を飲む愛らしい様子を見つめた。

みずいろの地球に生まれ水を買う人類などになってしまいぬ　大西　淳子

地球は「水惑星」と呼ばれるほど水が豊かだ。先進国では水道事業が発達し、安心して飲める水が供給されている。ところが、いつの間にかペットボトル入りの水を買って飲むことが当たり前になってきた。歌の作者はそのことに疑問を抱き、「水を買う人類などに」と嘆いたのだ。完了の助動詞「ぬ」には、そもそも「～してしまった」という意味が含まれるのだが、この作者は「なってしまいぬ」と強調した。

国連大学のシンクタンク「水・環境・保健研究所」（カナダ）の調べによると、世界のボトル入りの水の消費量は三五〇〇億リットルに上るという（二〇二一年）。市場規模は拡大する一方で、このペースだと二〇三〇年までには現在の二倍に膨れ上がると見られている。地下水の枯渇やプラスチックごみの問題も深刻だが、「みずいろの地球」には安全な水を手にすることができない人が二〇億人もいるという現状を忘れてはいけないだろう。

地殻変動

花折《はなをれ》断層に因む災禍を待つこころ先割れスプンにタルトを崩す　近藤かすみ

「花折断層」は、滋賀県高島市から京都市の吉田山付近にかけて延びる約四六キロメートルの断層である。「災禍を待つ」という表現を不思議に思うが、京都市在住の作者は、この断層が原因で起こる将来の地震に備えようと決意しているようだ。

地震への思いから「タルトを崩す」場面へと展開するのが面白い。クッキー生地やパイ生地にフルーツやクリームを載せたタルトは、崩さないように食べるのが難しい菓子だ。作者がタルトを食べようとしているのはカフェだろうか。今では少し珍しい「先割れスプン」が添えられているので、自宅ではないと想像した。なるべく崩さないようにじわじわと……ということもなく、作者は思いきりよくタルトを崩す。地震の多い日本では、断層のない地域を探す方が難しいかもしれず、地震は必ず来る、と覚悟していた方がよいのだ。花折断層という美しい名と災禍の対比が効いている。

元の地形を水は覚えているというかつての谷を土石流下る　森尻　理恵

作者は地質学の研究者である。各地で測量データを集めるフィールドワークにも携わってきた。「元の地形を水は覚えている」というのは、水が生き物であるような表現で興味深いが、地形を研究している人にとっては常識という。

住宅や道路を建設するため、谷や沢を埋めたり斜面に土を盛って平らにしたりするのが「盛り土」、逆に土を削りとるのが「切り土」である。両方を組み合わせて造成されることも多い。しかし、地表は平らになっても、谷はもともと周囲から地下水が集まりやすい地形である。雨が大量に降って地面にしみ込み、「元の地形」に従って集まれば、地盤が緩んで「かつての谷を土石流下る」という事態が起きてしまう。

盛り土の部分と元の地盤との境界はすべりやすく、盛り土が崩壊して土石流が発生するケースは少なくない。大雨だけでなく地震にも弱いので、各地で点検作業が急がれている。人間は「元の地形」という自然には勝てない、ということだろうか。

「水は覚えている」というやわらかな言葉は、重くて深い。

富士よ富士ひとはこんなに悲しいといへば見せたり宝永噴火の跡　　米川千嘉子

富士山の特徴は、左右がほぼ対称の均整のとれた形にある。いつ見ても、その変わらぬ美しさにほっとする。この歌の作者が、富士山に登ったとき「こんなに悲しい」という思いを山に訴えたのもわかるような気がする。何か個人的な悩みというよりは、どうしようもない昨今の社会状況、人間の抱える根源的な悲しみを嘆いたのではないだろうか。

しかし、「どうして人間はこんなにも悲しいのでしょう」と訴えた途端に、富士山は「宝永噴火の跡」を見せる。宝永大噴火は一七〇七（宝永四）年に起こり、記録に残っている中では富士山の最大の噴火とされる。火山灰は関東一円に降り注ぎ、農作物に多大な被害を与えたという。このとき出来た火口は三つあるが、山頂に近い宝永第一火口は山頂火口よりも大きく、噴火の激しさを思わせる。

地球は長い年月の間に、何度となく大きくその姿を変えてきた。また、そうした変化はこれからも続く。いま私たちが見ている風景は、ほんの限られた時間の地球の姿でしかないのだ。「富士よ富士」という呼びかけで始まるこの歌は、人間の営みと自然の営みをダイナミックに対比した一首と解釈してよいだろう。「見えたり」ではなく「見せたり」としたことで、雄大な富士山が「ほら、ごらん。私だって、こんなに傷ついてきたのですよ」と言い聞かせたような味わいとなった。

気象

秋の雲「ふわ」と数えることにする　一ふわ二ふわ三ふわの雲　　吉川　宏志

やわらかそうな雲が目に浮かぶ。それをのんびりと「一ふわ、二ふわ」と数える作者の楽しげな表情も見えるようだ。

雲は形によってそれぞれ数え方が違う。小さな雲は「一片（ひとひら・いっぺん）」「一切れ」「一点」、ほんのわずかな雲は「一抹」、飛行機雲のような細長い雲は「一条」「一本」「一筋」。巻雲など刷毛ではいたような雲は「一はけ」、積乱雲のようにむくむくと盛り上がった雲は「一座」という。「座」は山を数えるときの単位でもあり、積乱雲を山に見立てた数え方なのだろう。

代表的な「秋の雲」と言えば、うろこ雲やいわし雲、ひつじ雲だろうか。うろこ雲といわし雲は同じ巻積雲の一種で、ひつじ雲は高積雲の一種。高積雲は巻積雲よりも低い位置に浮かぶのだが、いずれも数え切れないくらいたくさん空に広がる。うろこ雲がだんだん大きくなって、ふわふわしたひつじ雲になると、温帯低気圧や前線が近づいてくる予兆という。作者は「何ふわ」まで数えたのだろう、雨が降り出す前に家に帰れたかしら、と少し心配にもなる。


小寒のわが影呑まんと迫りくるケルビンヘルムホルツの雲が　尾崎　朗子

「ケルビンヘルムホルツの雲」は、正式には「ケルビン・ヘルムホルツ不安定性の雲」という。波のような形をした雲が連なった珍しい形で、葛飾北斎の「神奈川沖浪裏」の大波のようだと評する人もいる。「ケルビン・ヘルムホルツ不安定性」は、もともとは流体力学の用語で、異なる密度の流体の層がそれぞれ異なる速度で流れる際に、二層の境界面が不安定になり、呑み込み合うような渦が生じる現象を指す。温度や湿度の異なる空気の層が上下に接したときなどに、いくつもの波が連なったようなこの雲が現れる。

小寒は年明けの一月初めから後半にかけての時期だ。小寒に入る日は「寒の入り」と呼ばれ、暦の上では最も寒い時期の始まりを指す。正月休みが終わり、たまってしまった仕事をいろいろと片付けなければならない状況に寒さが加わり、作者は何かに追われるような気持ちになった。そんなとき見上げた空にケルビンヘルムホルツの雲を見て、それが自分の影を呑み込もうと迫ってくるように感じた、と解釈した。

この雲が現れると、上空で乱気流が発生している可能性があり、天気が下り坂になるサインともされる。なかなか珍しい雲なので、作者が実際には見たかどうかはわからない。不安な気持ちの象徴として詠んだのかもしれない。

鼓型・樹枝状六花・角板と読み解かれゆく天からの手紙
結晶の写真は乾板三千枚　かをれる闇に六花を秘めて　　紺野　万里

「雪は天からの手紙」というのは、雪の研究で知られる物理学者、中谷宇吉郎（一九〇〇〜一九六二年）の言葉である。一首目にある「樹枝状六花」は、雪の結晶の中で最もなじみ深い、六方に枝を伸ばしたような形の結晶だ。しかし、鼓や角板のような形をしたものもあれば、三角形や砲弾のような形のものもある。作者は、中谷に倣ってさまざまな結晶を「天からの手紙」と表現し、読み解かれるべき真理に思いを馳せている。

二首目は、雪に魅了された研究者の偉業を称える歌である。中谷の撮影した雪の結晶の顕微鏡写真は三千枚を超える。この写真は写真乳剤を透明なガラス板に塗布した「乾板」に焼き付けられたもので、一枚一枚撮られたものなのだ。ガラス乾板の写真は、フィルムやデジタルカメラとは比べものにならない解像度の高さを誇るが、その手間を考えると気が遠くなりそうだ。しかも、雪の結晶を撮影するには、氷点下一〇～一五℃という極寒の環境で顕微鏡を覗かなければならない。息がかかっただけで、結晶ははかなく溶けてしまう。

忍耐と慎重さの要求される作業を繰り返して得られた「三千枚」に、歌の作者は深い感動を覚えている。そして、暗室で現像などの作業をしていた中谷は、きっと改めて雪の美しさに魅了されたに違いないと想像した。「かをれる闇」と表現したのは、撮影された数多くの六花の放つ幻想の「香り」である。しかも、その花々は一つとして同じ形をしていないのだから、百花繚乱を上回る絢爛さに思えただろう。

二十年雪の結晶観察す『雪華図説』の殿様の眼よ　　土屋千鶴子

雪に魅せられ、結晶の観察に没頭した人は、中谷宇吉郎だけではない。米国のアマチュア研究者、ウィルソン・ベントレー（一八六五〜一九三一年）は農業を営む傍ら、雪の結晶の写真を五千枚以上撮った。中谷はベントレーの写真集を見て感激し、雪の研究をしようと決意したとされる。

さらに遡ってベントレーも生まれる前の時代、下総国古河藩（現・茨城県古河市）の藩主だった土井利位（一七八九〜一八四八年）が顕微鏡で雪を観察していた。この歌に詠まれている「殿様」とは、土井のことである。学問を好んだ土井は二〇年にわたり雪の結晶を観察し、精密にスケッチしたものを『雪華図説』（一八三二年）としてまとめた。

飢饉をきっかけに起こった大塩平八郎の乱を鎮定するなど、政治家としての仕事もこなしつつ土井は雪の研究を続けた。歌の作者もそこに感動したのだろう。雪を観察し続けたひたむきな「殿様の眼」を称える歌である。

中天に月あり白樺の森は今さざめきあひて樹氷を結ぶ　　倉林美千子

樹氷は、樹木に吹き付けられた水蒸気や水滴が凍って付着したものだ。北海道や東北地方、海外ではドイツやスイスなどで見られる。中でも蔵王連峰などの樹氷は、大気中の水滴が繰り返し常緑針葉樹に吹き付けられ、そこに雪が加わることで大きく成長した、世界的にも珍しいものだという。「スノーモンスター」「アイスモンスター」と呼ばれる樹氷が見られる場所は、外国人旅行者にも人気の観光スポットとなっている。

この歌では「白樺の森」とあるので、モンスターのようにむくむくとした樹氷ではないだろう。夜空には月が浮かび、地上ではガラス細工のようなシラカバが林立している幻想的な光景と思われる。月光を浴びた木々が「冬だねえ」「寒いねえ」などとささやき合いながら、樹氷を形成しているように想像した作者である。

モンスターのような樹氷が見られるのは、蔵王連峰のほか、青森の八甲田山、岩手の八幡平、山形・福島の吾妻山などに限られる。一九六〇年ごろまでは、北海道から石川県あたりまで、今より広範囲で見られたことが写真や文献からわかっており、温暖化の影響が大きいとみられている。

気候変動

恐竜もどこかで目覚めてゐるならむ地球あまねく暖冬にして　　田中　穂波

地球全域の気温を平均した値を「全球平均気温」という。ここ数年、記録的上昇を続けており、摂氏一七℃を超えるまでになった。恐竜たちの全盛期だった白亜紀半ばは二二℃くらいだったと考えられ、地球の歴史の中でも特に暖かい時代だった。

作者は、例年になく暖かい冬に不安を覚え、こんな暖冬に恐竜もどこかで目覚めているのではないかしら、と想像した。「地球あまねく」が誠に恐ろしい。

火傷せしコアラは自力に生きのぶる力あらずと安楽死させつ　　石井　幸子

ここ数年、気候変動により各地で山火事が相次いでいるが、二〇一九年六月から翌年三月にかけて、オーストラリアで大規模な森林火災が発生した。森に住むさまざまな動物たちが火傷を負ったり棲みかを追われたりしたのだが、とりわけ、オーストラリアを象徴する動物の一つであるコアラの痛ましい姿には、多くの人々が胸を痛めた。この作者もニュース映像を見て、安楽死させなくてはいけないほどの非常事態にショックを受けている。森林火災で死んだコアラは最大八〇〇〇頭とみられ、環境の激変などで今後、絶滅に追いやられる可能性もあるという。

日本列島するめのごとく反りてくる温暖化しるき春のさかりを　　志垣　澄幸

熱中症だけぢやすまないわが皮膚は地球滅亡の熱さ感じる　　岩田　正

一首目の作者は、春らしい春を通り越して、早くも暑さを感じる「春のさかり」に不安を覚えた。南北に細長い日本列島が「するめのごとく反りてくる」という奇想は、網の上であぶられるするめの姿がリアルで、温暖化の進む状況への懸念が伝わってくる。

二首目の作者も、暑さに耐えかねているようだ。熱中症は、身体が暑さに適応できず、脱水や体温上昇によって、めまい、頭痛、失神などを起こす症状だ。場合によっては命にもかかわるが、この作者は人間が熱中症を起こすだけではすまない、地球が危ない、と訴える。皮膚の感じている「熱さ」という表現は、焦げつくような日差しを思わせる。

地域づくり手伝ひし里を壊したる豪雨よ線状降水帯豪雨
何回も「五十年に一度」が来たり北も南も豪雨の日本
中村　仁彦

「線状降水帯」という気象用語は、二〇一〇年代になってからよく耳にするようになった。二〇一四年八月、広島市を襲った豪雨で大規模な土砂災害が起きたのが代表的な例で、連続して発達した積乱雲が線状に伸び、集中的に雨を降らせる状況を指す。線状になった降水域は日本では新しい現象ではないが、レーダーによる観測技術が向上し、雨量計データとの組み合わせによって降水量の分布が詳しくわかるようになったことで、一九九〇年代後半から研究が本格化した。
作者が地域づくりにかかわった「里」がどこであるかは記されていないが、線状降水帯豪雨という言葉によってその恐ろしさが共有、共感される歌となっている。「五十年に一度」「百年に一度」といった表現もここ数年、何度となく聞くようになった。日本の至るところで激甚災害が起こっている状況を、深く憂える作者である。

新しき気象用語の生まれつぐ自然はいつも自然のままなれど
「経験のない」洪水と旱魃のおこる地球にいま生《あ》るる赤子　　伊藤　一彦

「線状降水帯」は、二〇一七年に新語・流行語大賞にノミネートされた。それほど、国内ではこうした豪雨が相次いだのだ。この言葉だけでなく、「ゲリラ豪雨」「爆弾低気圧」など耳慣れない気象用語が二〇〇〇年代になって次々に登場した。そうした新語について、作者は一首目で少し距離をもって詠んでいる。自然というのは時に人間の予測を超えた気象をもたらすもので、気象も含め山林や河川、海洋といった自然は、変化を重ねながら今に至るのだ、という達観だろうか。

作者が危機感を抱いていないわけではない。二首目は、気象用語ではないが、近年よく使われる「経験のない」という表現をカギカッコで括り、異常気象が相次ぐ状況が表現されている。気候変動の影響で異常気象が一般化、深刻化する地球だが、一分間に約一五〇〜二五〇人の赤ちゃんが誕生すると推計される。

歌の解釈は、読む人によって分かれるだろう。地球の未来を案じながらも新しい命の誕生に希望を抱く作者なのか、こんなにも大変な地球に生まれてくる赤ちゃんの未来はいったいどうなるのか、と暗澹たる思いの作者なのか。私は前者だと思う。歌集では、この歌の前に「奈落より生《あ》れきしごとく泣く赤子泣け泣け泣けとわれら祝《ほ》ぐなり」が置かれている。どんなに災害や動乱が起きようと、人はそれを克服し、前に進むだろう――。「いま生るる赤子」はそんな希望の象徴に思える。

増えすぎた人類の踏む薄氷が割れて世界は沈没しさうだ　　香川　ヒサ

この一首は、新型コロナウイルスのパンデミックの最中に詠まれた。ちょうど国連が、世界の人口がまもなく八〇億人に達するという予測を発表したころである。「薄氷」という言葉が非常に巧みに用いられている。「薄氷を踏む」という表現を利用して、人口が「増えすぎた」ことによる食糧難や経済格差、自然環境の悪化など、世界が非常に危うい局面にあることを示すだけでなく、気候変動の影響も暗示しているからだ。温暖化によって極地の氷が溶けると海面が上昇し、海抜の低い地域は沈んでしまう。「沈没」は、人類の危機という比喩的な意味と、実際に起こり得る「沈没」の両方を表している。

核戦争などによる危機的な状況を地球が滅びるまでの時間で表現した「世界終末時計」は有名で、警鐘を鳴らすのに役立ってきた。しかし、このところ、あまりにも危機的な状況が続いているため、「あと一〇〇秒」「あと九〇秒」と短くなっても、私自身はやや慣れっこになってしまった部分がある。私たちの足下にある氷の層は、今どれくらいの厚みなのだろう――。そう考えて、危機感を取り戻したい。

地球の歴史

地上なる樹には年輪しづもれる水月湖底の泥に年縞
その年の若狭の春の花粉など有孔虫など縞は語らむ
紺野　万里

福井県の三方五湖《みかたごこ》の一つ、水月湖《すいげつこ》は珍しい「年縞」があるため、「奇跡の湖」と呼ばれる。年縞とは、湖底などの水域に堆積したものが層になった縞模様のことだ。プランクトンの死骸や黄砂など、湖に浮遊し沈澱するものが季節によって異なるため、堆積層の色の違いとなって縞を形成する。水月湖の年縞は七万年以上かけて作られた、世界的にも貴重な存在なのである。

そのことに感動した作者は、一首目で年輪と年縞を並べてみせた。年縞も樹木の年輪のように、一年に約〇・七ミリというわずかな堆積を繰り返す。地上にそよぐ木々と静かな湖底が対比され、同じように時を刻んでいる光景は何とも美しい。

水月湖で七万年にもわたる年縞が途切れることなく残ったのは、いくつもの偶然が重なったからだ。湖に流れ込む大きな河川がなく、山々に囲まれているため、湖水が水流や風で大きくかき回されることがなかった。また、水深の深いところでは湖水が硫化水素を含み、酸素もほとんどないため生物が棲むことができず、堆積物が乱されることがなかったのも幸いした。そのうえ、周辺の断層の影響で水月湖は少しずつ沈降し続け、堆積物で水深が浅くなるということがないのだ。まさに「奇跡の湖」と呼ぶしかない偶然である。

作者は二首目で、遠い昔に咲いていた花々や有孔虫のことを想像している。実際、年縞には花粉や木の葉、有孔虫などの化石が多く含まれており、これまでの年代測定をただす指標になると期待されている。それらの化石は年縞の位置から正確に年代が特定でき、放射性炭素を測定した値が同時代の放射性炭素量ということになるからだ。二〇一三年、世界放射性炭素会議において水月湖の研究データが評価され、年縞は約五万年前までの年代を示す世界標準として認められた。

「縞は語らむ」の「らむ」は、いま目の前には見えていないことを推量する助動詞である。遠い昔の植生の変化によって気候の変化を知ることができる。もし火山灰が含まれていれば、人間の記録した史料のない時代の大噴火の実態もわかる。水月湖の「縞」がどんなことを語っているのか、科学者たちが翻訳してくれることはまだまだたくさんあるはずだ。

銀杏を食べ過ぎながら絶滅の恐竜の世に想ひの飛びぬ　　伊藤　一彦

会社に勤めていたころ、秋になると通勤途中のイチョウ並木でギンナンを拾ってくる同僚がいた。職場の人たちに笑われながら、彼女が「だって、もったいないじゃない！」と抗議していたのを思い出す。この歌の作者のように、ギンナンが好物だったのかもしれない。

イチョウの起源は一億五〇〇〇万年前まで遡り、「生きた化石」とも呼ばれる。ギンナンにはたんぱく質やリン、カリウムなどのミネラル、ビタミン類などが含まれており、植物食恐竜たちも栄養豊富なギンナンを食べていたと考えられている。「恐竜の世」まで夢想を飛ばした作者は、たぶんイチョウがそのころ繁茂していたことだけでなく、恐竜がギンナンを食べる姿を思い浮かべつつ自分も口に運んでいたのではないだろうか。「食べながら」ではなく「食べ過ぎながら」と自覚しているところに、笑いを誘われる。

ギンナンを食べ過ぎると嘔吐やけいれんなどの中毒症状が起きることもある。用心しいしい、ギンナンを食べている作者の姿がユーモラスだ。


モクレンを食みつつ時をもて余すトリケラトプス白亜紀の春　　北辻　一展

モクレンは原始的な被子植物といわれ、約一億年前に出現したと考えられている。ちょうど植物食恐竜、トリケラトプスが生息していたころだ。作者はモクレンの大ぶりな蕾や花を眺めながら、「白亜紀の春」を想像している。「はみつつ」「はくあき」「はる」という、やわらかな「は」の連続に加え、七音の「トリケラトプス」の響きのよさが相まって、気持ちのいい韻律だ。

トリケラトプスは三本の角をもつ姿が特徴的で、子どもたちの人気も高い。丈夫な歯をもっていたので、硬い植物もいろいろ食べたと思われる。白亜紀の季節は今とは異なっただろうが、「春」という言葉から、モクレンの花が咲いている様子を想像してもかまわないだろう。「時をもて余す」とあるので、トリケラトプスは空腹なのではなく、気まぐれにパクリと花や蕾もろとも枝を嚙んでみたのではないか……。

恐竜たちが絶滅するのは六六〇〇万年前で、トリケラトプスは恐竜の栄えた最後の時代を生きた。「白亜紀の春」は儚く、やがて彼らは地上から姿を消すのである。

首と尾は水平に伸ばして恐竜の「スー」は立ちおり新説通りに　森尻　理恵

「スー」は肉食恐竜、ティラノサウルス・レックスのメスである（であった）。一九九〇年、米国サウスダコタ州で発掘され、73%と保存率の高い化石標本として世界的に有名だ。現在、米イリノイ州シカゴのフィールド自然史博物館に収蔵されている。「スー」という名前は、化石を発掘した古生物学者、スーザン・ヘンドリクソンにちなむ。

スーの全身レプリカは二〇〇五年三月に来日し、翌年にかけて四つの会場を巡回した。頭の先から尾の先端まで一二メートルという巨大さは、多くの恐竜ファンを興奮させたが、この歌の作者もスーに会いに行ったようだ。私も行きたかったのだが、どうしてもスケジュールが合わず断念した。

作者が「首と尾」が「水平」になっている点に着目したのが面白い。古い復元では、ティラノサウルスの骨格はカンガルーのように直立し、尾を地面につけた姿勢だった。しかし、今では生態復元解析の結果、頭と尾を水平に保った姿勢が、最も無駄のない自然な歩行姿勢だと判明した。「新説通りに」と作者は言うが、この「水平」姿勢はすでに一九九〇年代からほぼ定説とされている。ただ、実際に博物館が骨格標本を展示する際、恐竜専門の古生物学者の監修が行き届かないという事情などもあり、なかなか一般に認知されなかった。ティラノサウルスが鈍重に尾を引きずったりするはずはない、と多くの人に印象づけたのは、スピルバーグ監督の映画『ジュラシック・パーク』で敏捷に動き回る姿だったかもしれない。最近では、ティラノサウルスが獲物を待ち伏せしてしゃがみ込んだ姿勢など、さまざまな展示が試みられている。この歌の作者のように、展示された標本の大きさだけでなく、姿勢もしっかり鑑賞したいものだ。

環境問題

盛り上がりただよふ重油を吸はすべく海に投げられし人間の髪　　米川千嘉子

二〇二〇年七月、日本の大型貨物船がインド洋のモーリシャス沖で座礁し、一〇〇〇トンもの重油が流出した。美しいサンゴ礁の海に黒い重油が広がる様子が報道されるたびに、胸が詰まるようだった。国際的に貴重な自然保護区の近くで、海洋生態系への影響も深刻だったため、モーリシャス政府は「環境非常事態」を宣言した。

歌の「盛り上がりただよふ重油」は、そのねっとりとした質感をリアルに伝えている。重油にもいろいろあり、軽油に重油を混ぜたA重油は粘り気が少ないが、大型船舶の燃料に使われるC重油は不純物を多く含み粘性が高い。「盛り上がり」と表現した作者の観察眼は鋭い。

この惨事を救ったのが「人間の髪」だった。毛髪には、水をはじき油分を吸着する性質がある。九〇年代以降、こうした海洋汚染事故に役立てようと、美容室などでカットされた髪を集めるプロジェクトがいくつも立ち上げられている。モーリシャスの事故の際にも、各国のボランティア団体から大量の髪の毛が送られた。

重油流出事故が後を絶たないのは、世界中で海上輸送が増えているためだ。物流が増えれば貨物船やタンカーの便数は増え、それだけ事故が起きる率も高くなる。

離島に暮らすようになって、海上輸送を身近に感じるようになった。台風などで海が荒れると沖縄本島から貨物船が来られないので、その間スーパーで必ず何かが品薄になる。タンカーの寄港が一時途絶えたときは、給油しにガソリンスタンドへ行くと「一回二〇リットルまで」と制限された。海上輸送のありがたみを身にしみて知るだけに、重油流出が起こるような海難事故が何とか減ってほしいと願っている。

納豆を砂漠にまいて緑化する話はいかになりしか知らず　　吉川　宏志

納豆を砂漠緑化に役立てる――荒唐無稽なアイディアに思えるが、そうではない。微生物遺伝子工学の研究者、原敏夫さんは二〇〇〇年ごろ、納豆の糸に放射線を照射して合成した高分子物質「納豆樹脂」を開発した。この納豆樹脂はたった一グラムで三リットルの水をたくわえることができるうえ、時間がたてば土の中の微生物によって、炭酸ガスと水に分解される。二〇一〇年、原さんは納豆樹脂を保水材として用い、サハラ砂漠で小麦の栽培試験に取り組んだ。

歌の作者は、何かのニュースでこの研究を知り、興味を抱いたのだろう。しかし、詳しくは覚えておらず、「納豆を砂漠にまいて……」と表現している。有機農業には、納豆菌を土に入れる伝統技法もある。

土の研究で知られる森林総合研究所主任研究員、藤井一至さんによれば、納豆菌ももとは土壌微生物の一つではあるものの、土にまいてもすぐに在来の微生物に負けて死んでしまうという。ただし、死んだ納豆菌由来のアミノ酸が土の栄養分にはなる。一方、納豆樹脂の保水性が働くのも、分解されずに残っているあいだに限られる。「効果を持続させるには、定期的に納豆樹脂を補う資金と手間が必要になる。歌の作者は『砂漠に納豆』という研究の奇抜さと大変さに思いをはせ、期待と不安をこめて『いかになりしか知らず』と言っているのでは」と藤井さんは話す。

争はずもたれあはずに暮らしたい。わがままでせうか南極条約

尾崎　朗子

上の句は、たぶんこの作者の生き方の基本である。愛する人との生活であっても、いや、愛する人との生活だからこそ、争うことも、もたれ合うこともせずに持続するのが理想だ――。「ふむふむ、本当にそうだ」とうなずきながら読み進むと、最後に「南極条約」が来て、歌の世界がいきなり大きく広がる。

南極条約は、人類が作った最もよきものの一つだと思う。一九五九年に採択されたこの条約は、南極地域の軍事的性質をもつ利用の禁止、領有権の凍結などを定めた多国間条約である。「科学的調査の自由と国際協力」や「核爆発、放射性廃棄物の処分の禁止」もきっちり盛り込まれている。当時は、核実験や放射性廃棄物の海洋投棄がふつうに行われていたことを考えると、条約の掲げる理想の高さは本当に素晴らしい。

この条約に比べると、一九六六年に採択された宇宙条約は内容が不明確、不徹底であることが指摘されている。南極条約は適用範囲について「すべての氷湖を含む南緯六〇度以南」と規定しているのに対し、宇宙条約の「宇宙」は、「上空〇〇キロメートル」などと具体的に書かれていないため、条約の適用される空間域が明確でない。また、南極条約では全面的に軍事利用が禁止されているのに対し、宇宙条約では核兵器などの大量破壊兵器を軌道に乗せたり、宇宙空間に配備したりすることは禁止されているものの、それ以外の軍事活動については特に禁止されていいな

い。防衛的な軍事利用であれば平和利用の範疇とされている。

歌の作者は、南極条約という言葉を用いて、各国が「争はずもたれあはずに」協力し合う平和な世界を提示してみせたのではないだろうか。「わがままでせうか」という問いかけは切実である。それは、決して「わがまま」ではないだろう。「かつて南極条約という素晴らしい条約を作った人類なのだから、きっと新たな平和な枠組みを作ることだってできるはず」――。そんな思いが伝わってくる。

第5章

広大な宇宙

私たちは宇宙の一部分であり、宇宙を構成する一員である。長い宇宙の歴史の中で、地球上にさまざまな生物が繁栄している瞬間、たまたま人間もそこにいた、という大いなる偶然に遭遇したのだ。その幸運を思うとき、太陽や月、数々の星の美しさに改めて感じ入る。

宇宙を思う

ビッグバンのころの素粒子含みいるわれの手なりや葉書持ちおり　大滝　和子

ビッグバンははるかに遠きことなれどそれに関わるわれの粒子は　北辻　一展

一首目の作者は葉書を手にして、ふと自分の手に見入った。「この手もビッグバンのときに生じた素粒子からできているんだなぁ」――そんなことを思うと、自分の手なのに不思議に思えてならない。二首目の作者も遥かな時間を遡り、いま生きている自分の存在がビッグバンにかかわることに感動している。

宇宙が誕生した直後、ビッグバンが起こり、とてつもなく大量のエネルギーが解き放たれた。そして、物質のもとである素粒子のうちクォークが集まって陽子や中性子となり、さらに水素やヘリウムの原子核が次々に生み出された。私たちのまわりにある、すべての物質は、そのときに生じたものを元にできているのだ。そう思って見ると、自分の「手」も「葉書」も、かけがえのないものに思えてくる。ふとした日常から、宇宙の始まりであるビッグバンにまで時空を遡ってしまう作者たちの想像力が素晴らしい。

　星のかけらといわれるぼくがいつどこでかなしみなどを背負ったのだろう　　杉﨑　恒夫

　人生に苦悩や悲嘆はつきもので、そうした重荷を抱えて生きるのは当たり前のことだと誰もが思っている。ところが、この歌は、それをひっくり返してみせる。そんなものはもともと背負うはずではなかった——なぜなら、私たちは「星のかけら」なのだから。

「ぼく」という一人称が用いられていることで、あどけない少年が不思議そうに首をかしげているイメージが浮かぶ。こんなはずではなかったのになぁ……「かなしみ」を背負わされた人生の不条理を嘆くのは、子どもっぽいことでも、愚かしいことでもない。宇宙の始まりと自分を結びつけたイメージが、やわらかな抒情で包まれている一首は、知的で美しい。

　作者には「微粒子となりし二人がすれ違う億光年後のどこかの星で」という歌もある。死んでから何億年もたって微粒子に戻ったとき、かつて好きだった人と思いもよらない宇宙空間ですれ違うかもしれないのだ。私たちが「星のかけら」であることは、なんと素敵なことだろう。

宇宙ひも、クォークのひもあるらしい襦袢の腰紐ぎゆつと締めたり　鹿取　未放

着物の着付けに欠かせないのが紐である。杉田久女に「花衣ぬぐやまつはる紐いろ〳〵」という艶なる一句があるが、胸紐、腰紐などをきっちり締めれば着崩れせず、着ていて気持ちがよい。この歌の作者は着物を着るために何本もの紐を締めながら、超ひも理論を連想した。「宇宙ひも」は宇宙論における特殊な時空の中の特殊な領域を指し、「クォーク」はその「ひも」の振動からできていると考えられている。しかし、作者はそんな難しい宇宙論の定義などに拘泥せず、力をこめて襦袢の腰紐を「ぎゆつと」締める。これから華やかな場に出かけるところなのかもしれない。宇宙論と着物の取り合わせが意外で楽しい。

星空はどちらの専門領域か天文学者と詩人が争う　武藤　義哉

天文学は、最も早く発達した学問の一つである。天体観測によって季節の移り変わりを正確に知り、農業や航海に役立てることは大切な知恵だった。自然科学の中でも実用的な分野だったと言えるが、その一方で、多くの文学者が月や星などの天体、また天文現象に心ひかれて作品にしてきた。歌の作者は、そんなことを考えたのだろうか。「天文学者と詩人が争う」という場面を

作ってみせた。その争いの元が、どちらも「星空」が自分の専門領域だと譲らないから、というのだから面白い。

小説家、稲垣足穂の言葉を思い出す。「月とシガレット」「星を食べた話」など、短篇のような、詩のような、短い作品を集めた『一千一秒物語』で知られる足穂は、天体をこよなく愛したが、彼は「花を愛するのに植物学は不要である。昆虫に対してもその通り。天体にあってはいっそうその通りでなかろうか？」と書いている。

私は「植物学を知れば、より花を愛せる。昆虫に対してもその通り」と考えている。自然科学の知識は抒情を妨げるものではなく、むしろ新しい抒情を生む材料になることも少なくない。「天文学者で詩人」という二刀流の人がいてもおかしくないはずだ。歌の作者も、本当のところはそう思っているのではないだろうか。

この歌の続きは、作者とおぼしき人物が登場し、「まあまあ、お二人とも落ち着いて。星空はこんなに広くて、宇宙は無限なんですから、天文学と詩で取り合わなくたって大丈夫ですよ」と、とりなすことで決着するのではないかな、などと想像する。

夜空を見上げて

星空の星にあらざる流星の身を焼く光ぽうとよぎりぬ　田宮　朋子

宇宙の小さなチリの粒が地球の大気圏に入り、摩擦で燃える際に輝く――。これが「流れ星」「流星」の正体だが、夜空を見上げている私たちにとっては、星がすーっと流れたようにしか見えない。歌の作者は、そのことをよく理解しつつ、流れ星の儚い美しさをいとおしむ。

「身を焼く光」という表現は、『源氏物語』の「声はせで身をのみ焦がす蛍」という一節を思い出させる。さまざまな声で鳴く虫よりも、鳴くことのないホタルの方が、切実に恋に身を焦がしている、という見立てなのだが、この歌の作者は、自分の身を焼くことで光を放つ流星もまた、恒星や惑星に勝るとも劣らない美しさだ、と語っているように思える。

ペルセウス流星群にのってくるあれは八月の精霊《しょうりょう》たちです　杉﨑　恒夫

流星群は、ある彗星がまき散らしたチリの粒が集まっている場所を地球が通過することで見られる現象だ。毎年決まって見られる流星群の中で、特に極大となる時期の流星数が多いのは、ペルセウス座流星群、ふたご座流星群、しぶんぎ座流星群の三つである。中でもペルセウス座流星群は、極大が八月半ばなので気候的にも観測しやすく、天文クラブの観望会などで人気が高い。

歌の作者が「八月の精霊」と表現したのは、極大がたまたま新暦の八月十五日を中心とするお盆と一致するからなのだ。「精霊」は祖先の霊を指し、お盆のころに飛ぶトンボを「精霊とんぼ」

と呼んだりもする。毎年必ずこの時期に見られる流れ星を、「もしかすると、あれは亡くなった人たちの魂かもしれない……」と思うのは日本人ならではの感性だろう。新暦の八月十五日は、終戦記念日とも重なっている。「八月の精霊」と形容したことで、祖霊というだけではなく、戦死者の霊というイメージも伝わってくる。

流れ星で思い出すのは、アンデルセンの「マッチ売りの少女」である。女の子は路上で寒さにふるえながら、夜空に長い尾を引いて流れた星を見て「ああ、いま、だれかが死んだわ！」と言う。女の子は亡くなったおばあさんから「星が一つ落ちるとね、そのとき、ひとりの人の魂が神さまのところにのぼっていくんだよ」と聞かされていた。流星群の見える仕組みを知ってもなお、流れ星の儚さはどこか人の生死を思わせるものだ。

京都より見えしおーろら　『明月記』元久元年〈赤気〉をしるす　　吉川　宏志

小倉百人一首の選者としても知られる藤原定家の『明月記』は、一一八〇（治承四）年から一二三五（嘉禎元）年まで五五年間にわたる日記である。自らの体験や公武関係の事柄が克明に記されており、数々の天文現象の記録としても貴重なものだ。

この歌に詠まれている「赤気」は、一二〇四（元久元）年二月二十一日、二十三日に京都の空に現れた赤い光のことで、恐らくオーロラだったと考えられる。通常、オーロラはアラスカやカナダ、南極大陸など高緯度の地域で見られることが多い。ごくたまに北海道などで見られるものは「低緯度オーロラ」と呼ばれ、赤みを帯びた光であることが特徴の一つだ。

国立極地研究所などの研究によると、一二〇〇年ごろは地軸の傾きが現在とは異なり、京都あたりでも低緯度オーロラが観測できたと考えられるという。『明月記』にはもちろん「オーロラ」という言葉はなかったのだが、作者は京都でも当時オーロラが観測できたこと、また定家がそれを書き残したことに感激し、まるで定家自身がそう書いたかのように「おーろら」と表現したのである。

　　また更に望遠鏡が進化したと奥の掃除を始める宇宙　　武藤　義哉

望遠鏡の「進化」の話かと思いきや、宇宙を一軒の家に見立てた童話のような味わいの一首である。

最初の望遠鏡は一七世紀の初め、オランダのリッペルハイによって発明された。レンズに光を集める屈折式望遠鏡だった。同時代の人たちはこぞって望遠鏡を製作し、遠くを見ようとした。ガリレオ・ガリレイもその一人で、彼は凸レンズと凹レンズを組み合わせた望遠鏡を作り、月面の凹凸を観察したり、天の川が星の集まりであることを発見したりした。

以来、望遠鏡は進化し続け、人間はより遠くの宇宙を観測できるようになってきた。地上六〇〇キロメートルに打ち上げられた「ハッブル宇宙望遠鏡」、世界最大級の口径八・二メートルの鏡を誇る「すばる望遠鏡」などが作られ、そのたびに、より遠くまで、より深いところまで宇宙を見ることができるようになった。

作者はこの歌で、「宇宙」を擬人化するという大胆な試みをやってみせた。「人間がどんどん性能のよい望遠鏡を開発するものだから、全く、休む暇もありゃしない」――そんなことをつぶやきながら、せっせと星くずを掃いたり、くすんでいる星の表面を磨いたり……と想像した作者である。

太陽の歩みを運ぶ獣帯に春は眠たい牡牛も獅子も　　杉﨑　恒夫

「獣帯」という言葉は、この歌で初めて知った。調べてみると「黄道帯」のこととある。「黄道」は太陽の平均的な通り道で、その南北に約八度の幅をとった帯が黄道帯だ。太陽のみならず、月や主な惑星もここを通る。どうして「獣」が出てくるのかと言えば、動物の名を冠した多くの星座が通るからだという。なるほど、黄道十二星座というのは星占いなどでおなじみの十二の星座であり、「おひつじ」や「おうし」「しし」「やぎ」がいる。

作者は「獣帯」というネーミングを面白く思ったのだろう。「しし座」は春の星座として知られ、二月から七月にかけて見られる。「おうし座」が見られるのは、十一月から三月にかけてなので、両方の星座が見られるのは三月ごろということになる。「春眠暁を覚えず」というのは春になってまもない頃だから、「春は眠たい」と「牡牛も獅子も」がぴたりと合う。天空で牛やライオンが大あくびをしている、のどかな景色が目に浮かぶ。

海辺まで車で四十五分ほど　光に乗らば木星に着く　田宮　朋子
彦星から17光年先の部屋きみの住む幸福なマンション　九螺ささら

星空を見上げなくても、宇宙を身近に感じることはできる。一首目の作者は、車を運転していて、ふと「あれ、うちから海辺までの時間って、ちょうど木星までの距離と同じだ！」と思ったのだ。地球と木星はどちらも太陽の周りを公転しているので、距離は一定ではないが、最も離れたときで約九億キロメートル、光の速度に換算すれば「四十五分ほど」になる。「光に乗らば」という仮定が何とも楽しい。

二首目に詠まれている「彦星」は、わし座で最も明るいアルタイルである。「彦星」という呼び方によって七夕の物語を思い出させるのが、この歌の狙いである。地球からアルタイルまでは「17光年」も離れている。けれども、作者が感じている「きみの住む」マンションまでの距離よりも、彦星からマンションまでの方が近いのかもしれない。そうでなければ「幸福な」と形容することはないだろう。一年に一度しか会うことの許されない彦星と織姫の悲恋を自分に引き寄せ、片思いの「きみ」までの果てしない距離を表現したのではないか、と思いながら読んだ。

月を詠み星は詠まざる万葉人冬の枝には星が実れり　　　遠藤　由季

『万葉集』に星を詠んだ歌がほとんどないことは、海部宣男さんの『宇宙をうたう――天文学者が訪ねる歌びとの世界』（中公新書、一九九九年）を読んで初めて知った。月の歌と比べると、圧倒的に少ないのだ。歌の作者は、『万葉集』を読んでいて気づいたのだろうか。

国立天文台の台長も務めた海部さんは、星空と同じくらい文学を愛した人だった。万葉の時代の人々が星について無関心だったわけではなく、むしろ闇夜にきらめく星を恐れ敬う気持ちが大きかったからではないか、と考察している。

万葉人と星については私も不思議に思ったので、国立天文台の渡部潤一さんに取材したことがある。海部さんの説を尊重しつつ、渡部さんは日本の四季や地形の豊かさも関係するのではないかと話した。例えば、砂漠や大平原のように季節の細やかな変化に乏しく、平坦な地形であった場合、暦や方角を知るには星が最も大事な手がかりとなる。しかし、日本の場合は、季節の移り変わりに伴ってさまざまな植物が芽吹き、花を咲かせ、セミやカエルなどの小動物が現れるので、それだけでかなり正確に暦を知ることができる。また、山や川など変化に富んだ地形なので、星空を頼りに夜道をたどる必要もそれほどなかった可能性があるというのだ。

この歌の作者は、万葉人の心に添うように、静かに夜空を見上げている。葉を落とした冬木の向こうには冴えざえとした暗い夜空が広がり、星はまるで枝先に光る小さな実のようだ。「こんなに美しい星空を、歌ごころ豊かだった万葉の人々が詠まなかったのはなぜだろう」——私も歌詠みの端くれであれば、天文学者に取材するよりも、『万葉集』をひもとき、その世界にじっくりと浸らなければいけないのでは……と省みたりもするのだった。

月・惑星

三日月と金星ならぶ　それぞれが太陽光のつゆけき反射　　吉川　宏志

金星は「明星」と呼ばれるように全天で最も明るく、三日月と接近する様子は、天文ファンならずとも心惹かれる光景だ。歌の作者は、その様子を何かしんみりと眺めている。

太陽系の惑星は、恒星と違って自らエネルギーを発して光っているわけではなく、下の句に詠まれているように、太陽光を反射して光っている。「それぞれ」とあるが、光る仕組みは少し異なる。月は、その地表が太陽光を反射しているのだが、金星の場合は、高度四五〜七〇キロメートルに広がる厚い雲が八割ほどの光を反射する。私たちが見ている金星の輝きは、雲の輝きなのだ。「つゆけし」は「露っぽい、湿っぽい／涙がちだ」などという意味で、あえかなイメージだが、実は金星の雲は濃硫酸でできている。

　作者が「つゆけき反射」と表現したのは、明るく光る月と金星がどちらも反射であることへの静かな感動があるからではないだろうか。自ら光ろうと主張するのでなく、反射によって輝く月と金星に慎ましさのようなものを感じたのかもしれない。

新人類淡々と老ゆ亜麻色の冥王星は降格されて　　中沢　直人
惑星などといふ不名誉を免れて嬉しからうよ冥王なれば　　寺松　滋文

　二〇〇六年に国際天文学連合（ＩＡＵ）が太陽系の惑星の定義を決定したことで、冥王星は惑星でなく準惑星に分類されることになった。太陽系の惑星の並び順である「水金地火木土天海冥」というフレーズをたいていの人が知っていることもあり、このニュースは大きな注目を集めた。一九七九年一月から九九年三月までは「水金地火木土天冥海」だったのだが、どちらにしても冥王星が抜けると、途端に語呂が悪くなる。長く親しんだ冥王星を何だか気の毒に思う人は少なくなかった。

　一首目は、一九八〇年代に「新人類」と称された若者がすでに中年期を迎えていることと、冥王星の「降格」を重ねてみせた。「バブル世代」「ロスジェネ世代」……とさまざまな区分が生まれ、一九六九年生まれの作者は新人類世代の最後、あるいはバブル世代に相当する。かつて希望に燃えて就職した若者たちに老いの兆しが見られ、惑星として親しんできた冥王星までが降格の憂き目に遭ってしまうことに、何かやるせなさを感じたようだ。

　二首目は「冥王」という名前に着目し、もともと冥界を司る神の名であれば、惑星の一つに位置づけられるような「不名誉」から免れてむしろ嬉しいのではないか、と見た。冥王星が準惑星になったというニュースでは、一首目のような「降格」というとらえ方が大半だったので、逆転の発想が面白い。「冥王」という言葉から、金星は美の女神、火星は軍神だったな、などいろいろな神話も思い出す。


遠くから来てゐる星の光ほど瞬くと知る　寒夜のシリウス　　水上　芙季

金星や木星などの惑星は瞬かず、恒星は瞬く。これは光量の違いによるもので、距離の違いと言い換えるのも可能だ。光量の小さな星は、地球の大気の屈折率がわずかに変化しただけで目に入る光の強さが変わり、瞬いているように見える。「星の瞬き」という詩的な表現は、天文用語では「シンチレーション」と言い、観測の際には邪魔になるものだ。

　作者は「遠くから来てゐる星の光ほど瞬く」ことを知り、「ああ、だからか」と納得しつつ、冬空に輝くシリウスの瞬きを見上げた。おおいぬ座のシリウスは、冬空で一番明るく大きい星だ。心まで凍えそうな夜、作者はその輝きに何か励まされるような思いを抱いたのかもしれない。

あるいは――「シリウス」は作者の恋する相手の比喩、という解釈も可能だろう。作者は、その人の存在を遠いものと感じている。片思いなのかもしれないし、恋の進展を阻むものがあるのかもしれない。きらきらと瞬く星は美しいけれど、遠いほど瞬くのだという事実を皮肉に思う作者だとすれば……。

何事もなき冬晴れの星空をベテルギウスは死につつ渡る　松木　秀
重き星ほどその寿命みじかくてベテルギウスは赤くかがやく　栗木　京子

ベテルギウスは、冬を代表するオリオン座の一等星である。一首目の作者が「死につつ渡る」と表現したのは恐らく、二〇一九年から翌年にかけて急激に暗くなり、超新星爆発が近いのではないかと話題になったことを受けている。ここ五〇年で最も暗くなり、注目を集めた。

「何事もなき冬晴れの星空」という上の句の情景の美しさと、終焉に向かう星の対比が印象的だ。いつもと同じように見える星空というのは人間の生きている時間でのとらえ方に過ぎず、宇宙では絶えず変化が起こっている。人間の世界は短い間に変化するが星空は不変で「何事もなき」と思っている私たちの迂闊さを思わせる。

二首目に「重き星ほどその寿命みじかくて」とあるように、恒星の寿命はその質量によって異なり、重いほど短い。例えば太陽の寿命は一〇〇億年と考えられているが、ベテルギウスは太陽の二〇倍くらいの重さで、寿命は一〇〇〇万年くらいと思われる。「赤くかがやく」というのは、寿命の終わりが近い赤色超巨星であることを指している。この歌の作者は、星の寿命について思いを巡らせ、ベテルギウスの赤い理由に思い至る。あっさり詠まれているようだが、寿命を終える間際の星の輝きが迫ってくる。

神話めく話ならずやいつの日か老太陽が地球を呑むと　　田宮　朋子

太陽の現在の年齢は四六億年と考えられている。あと五〇億年ほどは存在するだろうが、その最後にはどうなるのか——。寿命が終わりに近づくと、太陽はどんどん膨張し、今の二〇〇倍の大きさになると見られている。それほど大きくなると、水星、金星、そして地球も呑み込まれてしまう。

作者はそのことを知り、何だか神話のようだな、と思ったのだ。ギリシャ神話のアポロンやエジプト神話のラーなど、太陽は古代から神として崇められてきた。その中には、太陽が姿を消して人々が困り果てる話など、日食や季節の移り変わりを説明するような内容がいろいろあるのだが、「太陽が地球を呑む」というほどスケールの大きな話はないのではないか。宇宙の壮大なドラマの中で、誰も確かめることのできない地球の悲劇が、「いつの日か」必ず起こる。この作者はそれを一首の中で簡潔に表現してみせた。

宇宙開発

糸川博士のペンシルロケット水平の発射データは飛翔へ向かふ　　土屋千鶴子

「糸川博士」とは、日本の宇宙開発の父と称される糸川英夫のことである。「ペンシルロケット」は糸川の開発した実験用ロケットで、名前のとおり、わずか二三センチメートルの小さなものだ。水平方向へ発射する実験を何度も重ねることで、ロケット開発に役立つ実験データを得ることができた。最初の実験が行われたのは一九五五年三月である。

この歌は、作者が鹿児島県にある内之浦宇宙空間観測所を訪れた際に作られた。そこには、二〇一二年に糸川の生誕一〇〇年を記念して建立された銅像が建っている。腕組みをして実験場と海を見下ろす博士の像の下には、「人生で最も大切なものは逆境とよき友である」という言葉が刻まれている。

糸川博士の才能と工夫による「水平の発射データ」が、多くのロケットの「飛翔」の基礎になったことに対する称賛の一首である。

つゆくさの明るき青はいにしへの人の見ざりし水惑星のいろ　　田宮　朋子

人類が初めて宇宙空間に浮かぶ地球の姿を見たのは一九六八年、アポロ8号が打ち上げられたときだ。月を一〇回周回するというミッションの中で、乗組員たちは月の地表から徐々に地球が見えてくる「地球の出」を初めて見た。撮影された写真は、「史上最も影響力をもった写真」と言われる。なぜなら、地球がこんなにも小さく、こんなにも美しい惑星であることを、誰もが写真を見た瞬間に理解したからだ。戦争や環境汚染から何としてでもこの星を守らなければいけないという思いを起こさせる一枚である。

歌の作者は、宇宙空間から見た地球の色を「つゆくさの明るき青」と表現した。大輪の花でなく小さなツユクサが選ばれたのは、地球という星の小ささ、かけがえのなさを表すためだろうか。ツユクサは古くは『万葉集』にもうたわれており、「月草」という呼び名もあるのが興味深い。染料に使われていた花びらの青い色は服などに「つきやすい」ので「ツキクサ」と呼ばれ、それが転じてツユクサになったという説もあるが、「月」との関連にドキドキする。

「いにしへの人」たちは、地球が円いことも青いことも知らなかった。作者は地球の青さを知っている現代に生きる喜びと、昔と変わらない「つゆくさの明るき青」の美しさ、両方を思うのである。

衛星になろう　あなたに堕ちないでいられる距離をやっと見つけた　　田中ましろ

地球の周りには今、約八〇〇〇基の人工衛星が周回している。気象衛星、通信衛星など目的によって軌道は異なるが、最も多く用いられているのが、地表から高度二〇〇〇キロメートル以下の地球低軌道である。

この歌は、いきなり「衛星になろう」と始まるので、読者をびっくりさせる。いったいなぜ、この人は人工衛星になどなりたがっているのだろう、といぶかりながら読み進むと、やっと「あなた」に引き寄せられて落下しないでいられる距離を見つけたからだ、ということが示される。「落ちる」ではなく「堕ちる」という文字が用いられていることから、どうやら作者は「あなた」に恋しているらしいことがわかる。

地球の引力に相当するのが「あなた」の魅力、遠心力が作者の理性、これが釣り合っていれば「衛星」はずっと軌道を周回し続けられるというわけだ。意中の人に夢中になり過ぎないよう距離を保とうとする心情は、片思いの状態なのか、それとも交際中の相手と距離を縮めすぎて嫌われないようにする用心なのか、読む人によって解釈はそれぞれだろう。

人工衛星の打ち上げ数は年々増え続け、二〇二〇年以降は年間一〇〇〇基以上の衛星が宇宙空間へ運ばれた。劣化した衛星の部品がスペースデブリになり、他の人工衛星や宇宙船に衝突する危険性も懸念されている。衛星になって回り続けるのもなかなか大変そうだ。

躙り口くぐれる先に〈きぼう〉あり　あさがほ一輪宇宙にひらけ　　尾崎　朗子

たいへん巧みに構築された一首である。冒頭、躙《にじ》り口をくぐるというので、茶室に入る場面かと思っていると、〈きぼう〉が出てくる。何か「希望」のような光、明るさを想像した瞬間、今度は「あさがほ一輪」が出てくる。困惑していると、最後に「宇宙にひらけ」と結ばれるので、「ああ、これは国際宇宙ステーションの話ではないか！」とやっと一首全体がつかめる仕掛けになっている。

「躙り口」になぞらえられたのは、たぶん国際宇宙ステーション内のエアロックだ。気圧の異なる場所を移動するときに、隣り合う室内の圧力差を調節する機能をもった出入り口である。〈きぼう〉は日本の開発した実験棟の名前なので、「あさがほ」は微小重力環境でアサガオの栽培が行われた実験を指すのだろう。

一度読んだ後でもう一度読み返すと、「躙り口」のような出入り口から実験棟に向かう宇宙飛行士の姿や、宇宙空間で育つアサガオの様子が目に浮かぶと同時に、そこで行われる数々の実験に心を躍らせる作者の姿がくっきりと見えてくる。微小重力環境では、地上では作ることのできない新素材の開発や創薬が期待されている。「宇宙にひらけ」という呼びかけは、アサガオの実験のみならず、さまざまな成果を期待するまっすぐなまなざしでもある。

だれもゐない宇宙でひとり詠ふやうな孤独かさなるカッシーニの旅　　松本　典子

「カッシーニ」は米航空宇宙局（ＮＡＳＡ）と欧州宇宙機関（ＥＳＡ）によって開発された土星探査機だ。一九九七年に打ち上げられ、土星の衛星タイタンの表面に水が存在することや、新たな衛星七個を発見するなど、数々の成果を上げた後、二〇一七年に土星の大気圏に突入し、運用を終了した。

この歌の作者は、なぜカッシーニに心ひかれたのだろう。「だれもゐない宇宙」というのは、地球を遠く離れて、という意味だろう。土星は太陽系の惑星の中でもかなり地球から遠く、約一四億キロメートルの距離である。「孤独かさなる」は、いくつもの重要なミッションを重ねたということだろうか。

歌の前には詞書きが付されており、カッシーニがミッション終了後に大気圏突入したことが説明されている。末尾には、「地球由来の物質で衛星表面を汚染してしまはないやうに」とある。恐らく作者は、この事実にいたく心を動かされたのだ。そして、自分とカッシーニを重ね、「ひとり詠ふやうな孤独」を思ったのだろう。誰の心に届くかどうかわからないけれども、ひとり詠い続ける――そんな覚悟をもつ作者なのかもしれない。

ネット上にかぐやの画像の満地球するするのぼりまた繰り返す　　森尻　理恵

月周回衛星「かぐや」は、ＮＨＫのハイビジョンカメラを搭載し、一年半ほど月を周回する間に数多くの美しい画像を見せてくれた。月の地表から昇る「満地球」の姿は本当に感動的だ。この作者は「また繰り返す」と言っているので、ネット上の映像を何度もうっとりと眺めたのだろう。

「地球の出」はアポロ計画の際に初めて撮影されたが、この時の地球は満地球ではなく、少し欠けていた。地球が完全に円く見えるのは、月―地球―太陽、そして「かぐや」の軌道が一直線に並ぶタイミングしかない。「かぐや」は年に二回しかないそのチャンスをとらえ、二〇〇八年四月六日に世界で初めて完全な「満地球の出」をとらえたのだった。

「するするのぼり」には、やや軽い感じが漂う。作者は「かぐや」が苦心して撮影した動画を、繰り返し再生できることに申しわけないような思いも抱いているのかもしれない。

帰還せし宇宙飛行士の心地してプールサイドに身体引き上ぐ　　橋本　恵美

歌の作者がいるのは「プールサイド」である。それなのに、地球へ帰還した宇宙飛行士を想像しているのが面白い。

ミッションを終えて地球に戻ったばかりの宇宙飛行士が、回収された宇宙船から手助けされながら地上へ降りる姿はおなじみのものだ。微小重力の宇宙空間に長期滞在すると、平衡感覚が失われるため一人では歩けなくなるという。宇宙飛行士たちは宇宙空間でも毎日トレーニングを欠かさないので、筋力は比較的保たれるが、平衡感覚はすぐには回復しないらしい。

最近の研究では、宇宙空間で長期間のミッションに携わった人の骨密度や骨量が完全には戻らないという実態がわかってきた。二〇二二年にカナダ・カルガリー大学の研究グループが国際宇宙ステーションに四〜七か月滞在した十七人の宇宙飛行士を対象に調べたところ、帰還後一年たっても半数以上の人の骨密度は回復しておらず、ほとんどの人の骨の回復が不十分であることが明らかになった。宇宙空間で働く苛酷さを改めて思わされる。

プールサイドにいる作者は、久しぶりに長距離を泳いだのだろうか。息を切らして休憩しつつ、「ああ、体が重たい。私って宇宙飛行士みたい」と思った茶目っ気が楽しい。

✧　✧　✧

七年間宇宙空間旅をして〈はやぶさ〉帰還は燃え尽きること　　土屋千鶴子

小惑星探査機「はやぶさ」は二〇〇三年五月に打ち上げられ、小惑星「イトカワ」の表面サンプルを回収するという世界初のミッションを果たして二〇一〇年六月、地球へ「帰還」した。しかし、それはサンプルの入ったカプセルを切り離した後、大気圏に突入し、燃え尽きてしまうという形の帰着だった。作者はそのことにいたく心を動かされて、この歌を詠んだのである。

当初の予定では、カプセルを切り離した後「はやぶさ」は再び飛行する予定だったが、いくつものトラブルを抱え、それが困難になったため、やむない選択が行われた。大事なミッションを果たして「燃え尽きる」、というところで「はやぶさ」に共感を抱いた人は多かった。オーストラリア上空でバラバラになり、いくつもの流れ星のように光を放って消えてゆく姿を見て、多くの子どもたちが涙を流した。作者も、大役を果たして燃え尽きた「はやぶさ」に、大きな感動を覚えたのだろう。

数々のトラブルを乗り越えた「はやぶさ」の帰還はメディアで大きく取り上げられ、映画になったり子ども向けの解説本が何冊も出版されたりした。苦難を切り抜け、自己を犠牲にしてミッションを遂行したというドラマは、人々の心に深く刻まれた。


惑星間空間にからだ逃げだしてラッコ型イトカワ十億年後無し　　米川千嘉子

「はやぶさ」が着陸した小惑星イトカワは、端から端までが五四〇メートルという小ささで、二つの塊がくっついたような奇妙な形をしている。落花生のようにも見えるが、「ラッコ型」という愛らしい見立てが定着した。

「はやぶさ」が帰還した後の研究によると、イトカワの表面は太陽風などの影響で徐々に削られ、約一〇億年後には消滅する可能性があるという。作者はそのことに何か「あはれ」のようなものを感じたようだ。宇宙に関心を抱く作者であることは、イトカワの消滅を取り上げたことだけでなく、初句の「惑星間空間」という言葉からもわかる。惑星間空間は太陽系の惑星の存在する空間を指すが、この領域の特性は太陽から吹き出すプラズマや太陽風が流れていることにある。惑星間塵や宇宙線も存在しているので、イトカワのような小さなものは大きく影響を受けてしまう。

「逃げだして」の解釈は少し迷う。以前はもっと大きな小惑星だったものが、天体同士の衝突などでラッコ型のイトカワが削られたという意味かな、と思って読んだ。宇宙のラッコは一〇億年後には消滅するが、そのころは私たちの子孫も恐らく存在しないだろう――。

宇宙より「はやぶさ」戻りしこの地球に娘は赤子を産みおとしたり　　野上　洋子

「はやぶさ」がドラマティックな帰還を果たした二〇一〇年、作者の娘さんが赤ちゃんを産んだという。「はやぶさ」と「赤子」が対比されたことで、どちらも素晴らしい出来事だと強く印象づけられる。

小惑星探査機の「はやぶさ」は、帰還するまでにいくつもの深刻なトラブルを乗り越えた。まず、イトカワにたどり着く前に、搭載された四基のエンジンのうち一つが機能していないことが判明した。ようやくイトカワに達した際には、姿勢を制御するリアクションホイール三個のうち二個が故障してしまった。代替できる機器で何とかしのいだが、その後も燃料漏れやエンジンの故障などが相次ぎ、そのたびに地上の技術者たちは生きた心地がしなかったに違いない。

作者の娘さんの出産に何か問題が起こったかどうかはわからない。しかし、妊娠中にも分娩中にも、さまざまなトラブルが起こり得る。周産期医療の取材をしていたころ、何人ものベテラン医師から「お産は最後まで何が起きるかわからない」と聞かされた。私と同い年の友人が、順調に臨月を迎えたにもかかわらず、突然、胎児の心音が途絶えて死産になった経験をしたので、その言葉は身に沁みた。

一人の赤ちゃんが生まれるまでには、数え切れないほど多くのハードルが存在する。受精が成立するかどうかに始まり、染色体異常などによる早期流産、胎児の発育不全……そして出産時にも、母体の出血多量など思わぬトラブルは少なくない。「はやぶさ」は奇跡の帰還と称えられたが、赤ちゃんの誕生も奇跡のような出来事なのだ。「はやぶさ」のプロジェクトが人間の知恵で成し遂げられた偉業であるのに対し、赤ちゃんの誕生には人間の知恵を超えた部分がある。どんなに科学が発展しても、人間は妊娠や出産を制御しきれないのではないかと思う。

また、この歌は、視点が大きなところから小さなところへと移ってゆく、ズームインの手法を用いた一首と見ても面白い。「宇宙」という広大なところから歌い出し、地球から三億キロメートル以上離れた小惑星まで行った「はやぶさ」に視点を移したかと思うと、それが「地球」へと戻ってくる。それから、「娘」の姿がクローズアップされ、最終的には「赤子」という小さな存在で締めくくられる。「はやぶさ」と「赤子」の対比の歌ではあるのだが、佐佐木信綱の「ゆく秋の大和の国の薬師寺の塔の上なる一ひらの雲」も思い出す。

窓に手をあてて三億キロさきのはやぶさⅡへ心を飛ばす　　笹本　碧

初号機の「はやぶさ」に続き、後継機の「はやぶさⅡ」も二〇一四年に打ち上げられ、小惑星「リュウグウ」への着陸とサンプルリターンに成功した。

この歌が詠まれたのは二〇一八年夏、ちょうど「はやぶさⅡ」がリュウグウ上空に到着したころである。三十三歳の作者は、入院して抗がん剤治療を受けていた。「初めての坊主頭で過ごしゆく平成最後の猛暑の夏を」「明け方に吐き気の波がやってきて心も体もうずくまる朝」という状況だった。幼いころから星空に興味を持ち、高校時代には天文部で流星群の写真撮影などに熱中した彼女にとって、「三億キロさき」で懸命にミッションに取り組む「はやぶさⅡ」の存在は、何よりの支えであり励ましだったのだろう。「疼痛をなだめ眠らす暁に宇宙ステーション吾の上を過ぐ」という歌も詠んでおり、宇宙開発に深い関心があったことがわかる。

「はやぶさⅡ」は翌年リュウグウへの着陸を果たす。そして二〇二〇年十二月に地球へ到達し、サンプルの入ったカプセルを分離して落下させることに成功した。初号機との大きな違いは、次なるミッションのため、そのまま別の小惑星へと向かったことである。新たな目標天体への到達は、二〇三一年と見込まれている。

一方、歌の作者、笹本碧さんは病院からの帰還を果たすことができず、二〇一九年六月に亡くなった。誕生日を迎え、三十四歳になったばかりだった。

太古の昔から星空や月が人の心を慰めてきたように、小惑星探査機や国際宇宙ステーションの活動もまた私たちの心をふるわせる。宇宙開発を巡って米ソが激しく対立した冷戦時代は遠くなり、さまざまな国が協力し合って宇宙開発に取り組む時代となった。科学研究も国際協力も、平和でなければ成り立たない。笹本さんの歌は、宇宙に憧れ続けてきた人類の歴史や、人間の探究心、平和の尊さを深く考えさせる。

地球と私たち

あかねさすGoogle Earthに一切の夜なき世界を巡りて飽かず　　光森　裕樹

Google Earthが公開されたのは二〇〇五年である。地球の姿をリアルタイムで追うことのできるシステムに、人々はただただ魅了された。この歌が収められた歌集は二〇一〇年に刊行されたが、Google Earthの画像によって「世界を巡りて飽かず」という作者の思いは、当時多くの人の抱いた思いだっただろう。

それにしても、この歌は見事に構築されている。まず、「あかねさす」という枕詞から歌い始めているところが巧い。朝日が昇る前に東の空がだんだん赤くなってゆくさまを、染料の茜の色に喩えた美しい枕詞が、Google Earth につけられるという意外性に驚く。しかし、歌を読み進むと、作者が Google Earth で太陽光の注ぐ半球を追い、「一切の夜なき世界」を見て楽しんでいることがわかる。「あかねさす」は奇をてらったわけではなく、実際に明けてゆく地球の様子を表現する必然的な枕詞だったのだ。

そして作者は、自分が Google Earth に夢中になっていると見せかけて、その実、「一切の夜なき世界」に危ういものを感じているのではないだろうか。あらゆる面でグローバル化が進んだことで、ビジネスの世界では昼も夜も、また曜日も関係ない働き方をしなければならなくなった。「眠らない都市」といった表現もあるが、「一切の夜なき世界」は、何もかもがスピードアップされ、あらゆる競争が激しくなる時代の象徴のようにも思える。

絵本には地球見をする家族をり三十年後の月の暮しに　　春日いづみ

「地球見」という見慣れない言葉に「あれっ?」と思うと、下の句でそれが月に暮らす家族の行事であるらしいことがわかる。「満月」ならぬ「満地球」があるように、地球からの「月見」

でなく、月からの「地球見」ができるようになる時代が来るというのだ。

「絵本」というのは、月で暮らす四人家族を描いた絵本『もしも月でくらしたら』（WAVE出版、二〇一七年）である。重力が地球の六分の一になるので車体を重くして移動することや、太陽の当たり続ける地表にソーラーパネルが設置してあることなど、科学的な事実に基づいて、月面での生活がリアルに紹介されている。この中に、おかあさんが窓から見える地球を指さし、「お月見でなくて地球見ね」と言う場面があるのだ。

絵本自体は楽しいが、作者はどのような気持ちでこの歌を詠んだのだろうか。歌の収められた歌集のタイトルが『地球見』であることを考えると、作者がかなりこの言葉に衝撃を受けたことが想像できる。歌集には激変する時代を憂える歌も多く、月から地球を見る「三十年後」の暮らしを作者があまり幸福なものとは思っていない感じが伝わってくる。

火星移住計画推進協会があると語りぬきみの唇　　大滝　和子

「火星移住計画推進協会」は、たぶん架空の団体である。そして、その団体について熱く語る「きみの唇」を見つめる作者のまなざしは、冷えびえとしているようだ。「またそんな荒唐無稽なことを言って……」とでも言いたげな表情だろうか。それとも、「こんな夢みたいなことばかり言うから、私はこの人のことが好きなのだ」という甘やかな思いだろうか。

火星へ向かうＳＦ小説は多い。レイ・ブラッドベリ『火星年代記』（一九五〇年）、キム・スタンリー・ロビンソン『レッド・マーズ』（一九九三年）などには、火星への入植がリアルに描かれている。なぜ火星かというと、移住可能な住環境として地球に最も近いからだ。平均距離では火星より近い金星は表面温度が四六〇℃と熱く、二酸化炭素の層が分厚い。人間が住むには苛酷すぎるのである。

火星移住計画について熱く語る「きみ」はそうしたことも説明したかもしれない。「きみ」に対する感情はともかく、この時点での作者にとっての移住計画は、妄想に近かったのではないか。しかし、「火星移住」は現実味を帯び始めている。この歌の収められた歌集が出版されたのは二〇〇七年だが、その四年後に、火星移住プロジェクトの実現を目的にオランダの実業家が「マーズ・ワン（Mars One）」というベンチャー企業を立ち上げた。残念ながら、この企業は破産してしまったのだが、新たに起業家のイーロン・マスク氏が「スペースＸ」社を設立し、火星移住を目指すことを明らかにしている。

人類が生活圏を拡大しようと大挙して火星に向かう日が、本当にいつか訪れるのだろうか。

宇宙へと科学は住み処をさがしおりこの惑星のすえを見透かし　　歌川　功

作者は「この惑星」、つまり地球の行く末を不安に思っている。「人類は住み処をさがしおり」

ではなく「科学は住み処をさがしおり」と表現したところに、科学への不信も感じられる。月や火星への移住計画が徐々に現実味を帯びてきたのは、地球環境が悪化する一方であること、そして地球外での生活を可能にする科学技術が進展しつつあることの、両方によるものだ。しかし、なまじ科学が発展したために「地球に住めなくなれば、どこか別の宇宙空間へ移ればいいだろう」と考える人が出てきては困る。

作者の不安を和らげるとすれば、宇宙開発が単独の国家プロジェクトだった時代は過去のものとなり、さまざまな場での国際協力が不可欠となったことだろうか。宇宙について考えることは、否応なく地球について考えることでもある。同時代を生きる人たちと共に、「この惑星のすえ」を考え続けたい。

第6章

私たちと科学

私たちを取り巻く世界にはさまざまな自然現象があふれ、日々その解明が進められている。また、絶えず最新の技術が開発され、暮らしを変え続けてきた。その根底には、人間が不思議なことに心動かされ、それを探求しようとする生きものだという本質があるだろう。科学の歴史は、この世界の真理を解き明かそうとする道のりであると同時に、人間の知恵の浅さや過ちの記録でもある。私たちはみなその歴史の中に生き、よりよい未来を追い求めようとし続けている。

日常と科学

分子ひとつの決意はいつも正しくて金平糖の角がふくらむ　　やすたけまり

「分子ひとつ」なんて始まるので、何だかむずかしそうな歌だな、と思っていると「決意」が出てくる。「分子の、決意？」と不思議に思いながら読み進めると、下の句でそれが金平糖の角をふくらませる砂糖の分子の「決意」であることがわかり、作者の知的な企みに魅せられる。

金平糖の魅力は何といっても、あの形にある。砂糖を溶かして液状にしたところに、ザラメやケシの実など核になる小さな粒を入れてかき回していると、だんだん粒が大きくなる過程で角が伸びてくるという。

随筆家としても有名な物理学者、寺田寅彦は「金米糖」と題する文章で、「にょきにょきと角を出して生長する」過程を考察している。ふつうに考えれば、金平糖はすべての方向に均等に成長し、「完全な球状」になるはずなのに……と寺田は不思議がる。そして、「おもしろいことには（中略）角の数はほぼ一定している」とも記す。

寺田がこの文章を書いた後、金平糖の角の数や生成の仕組みについて多くの研究論文が出ている。角の数は「18～24個」「平均24個」「十数個から30個程度」などとなっているが、数理モデルの構築には至っておらず、なぜ角が形成されるかという理由もまだはっきりしていない。そんな謎が潜むなどとつゆ知らず金平糖を食べていた。しかし、この作者は私と違って、「分子」のふるまいの正しさにうっとりとしている。結晶になったら氷のような形、いわゆる氷砂糖になるのに、砂糖の分子はいつの段階で角をふくらませようと「決意」するのだろう。

夏目漱石の門下にあった寺田が俳句をたしなんだことはよく知られているが、彼は歌も詠む人だった。機智に富んだこの一首を見せたら、さぞ大喜びするに違いない。

オルト、メタ、パラとつぶやき結合の向きを手旗で子は覚えおり　　橋本　恵美何だか呪文のような言葉で始まる一首だが、「オルト、メタ、パラ」というのは芳香族化合物の異性体の名前を指す。高校化学で教わるらしいが、高校生のころ化学が苦手だった（というか、吹奏楽部の部活しか頭になかった）私の記憶からは、きれいさっぱり抜け落ちている。六個の炭素原子が正六角形になった構造を持つベンゼン環（芳香環）の、どこに置換基が結合するかによって別々の化合物になるので、作者の子は「手旗」でその向きを覚えようとしているのだ。

この「手旗」という表現が面白い。手旗信号は電源や機器を必要としないので、近距離の便利な通信手段として明治時代から海軍で使われていた。カタカナの形に基づく日本独特の信号で、今も海上自衛隊やボーイスカウトでは訓練を受けるという。歌に登場する高校生は、ボーイスカウトで手旗を学んだというのでなく、自分の腕の形で異性体を覚えようと、勉強しながら両腕を動かして「オルト、メタ……」とつぶやいていたのではないだろうか。その様子を見ていた母親である作者が「あら、手旗信号みたい」と可笑しくなった場面と解釈した。

手旗信号というと、私は亡くなった父を思い出す。昭和二年生まれの父は十五歳のとき予科練に志願し、ひととおりの訓練を受けた。私と弟が子どもだったころ、何がきっかけだったのか、手旗信号はこうやるのだと素早くいくつかの単語を「打って」みせたことがある。それはもう父が四十代半ばのころだったと思う。父も笑顔だったし私たちも大笑いしていたけれど、いま思い出すと、何十年経とうと身体で記憶したことは忘れないのだな、と少し胸が痛くなる。

「手旗」で芳香族化合物を覚え込んだ子は、きっとテストでよい点数がとれたに違いない。もしかするとテスト中、教室でこっそり両手の人差し指で小さく「手旗」の形を作ってみたかもしれない。

鏡像体選る実験をしたる夜に馬手と弓手をめあわせてみる　　遠藤　由季

同じ分子式で表せるのに立体構造が異なり、互いに鏡に映った像の関係にある物質を「鏡像体」という。右手と左手のようなものと考えるのがわかりやすい。有機化合物の右手型と左手型では、作用や性質が異なることが多い。作者は、有機合成した化合物の中から片方の鏡像体を取り出す実験をしていたという。

この歌は、実験を終えて自宅に戻った場面のようだ。作者は自分の右手と左手をぴたりと合わせてみて、鏡像体の不思議を思う。馬上で手綱を取る「馬手《めて》」、弓を持つ「弓手《ゆんで》」という古い呼び名と、「鏡像体」「実験」といった言葉を共に詠み込んだことで、一首の中に時間の重なりが生まれ、面白みが増した。

作者が「鏡像体選る実験」をしていたのは、二〇〇〇年前後らしいが、ここ一〇年くらいの間に、有機合成化学において重要な反応にかかわる酵素が相次いで発見された。それらの酵素が鏡像体を作り分ける仕組みの解明がされれば、目的とする化合物だけを作ることが可能になると期待されているのだが、それにはまだ時間がかかりそうだ。

鏡にてみぎひだり逆になることのふしぎが解けず七十歳となる　小池　光

鏡に映った像が左右反転していることを、ふだんはほとんど意識しない。鏡に映った自分こそが自分である、と思ってしまっている。しかし、他人が見ている顔と、鏡で見ている自分の顔は（経年劣化を無意識に修正していることは差し引いても）違う。文字を書いた紙を映すまでもなく、知識としては理解しているのだが、どうして左右が逆になっているか説明することはできない。左右が逆になっているのに、なぜ上下は逆にならないのか、という問題もある。

この「鏡映反転」が起こる仕組みについては、古今の学者が議論し続けてきたが、認知科学者の高野陽太郎さんが『鏡映反転――紀元前からの難問を解く』（二〇一五年、岩波書店）で、鏡に映った自分の像と、非対称の文字とでは反転の起こるプロセスが異なると説明して、解決したとされる――が、この本を読んでもなかなかに難しいのであった。

最後の「七十歳となる」には、七十歳にもなったのにこの不思議な現象が理解できないなんて……と残念に思う気持ちがかすかに感じられる。作者は大学で物理を学んだ後、高校の理科教諭になった人である。自然界の「ふしぎ」に惹かれる心が初々しい。

科学では解明できぬこともある墓参ののちに治まる頭痛　大西　淳子

自然科学の世界には未解明な事柄があふれているから、上の句を読んだ人はいろいろと想像をふくらませるだろう。そして、下の句を読み、やや意表を突かれる。頭痛を抱えていた作者は、墓参を終えてふと痛みが治まっていることに気づいた、というのである。

詳しい状況は歌には記されていない。例えば、父の墓参りに行こう行こうと思いながら果たせずにいたけれど、ようやく果たせてほっとしたら、あたかも父が許してくれたかのように頭痛が治まっていた――などということは全く示されていない。あるいは、親友の墓参だったかもしれない。そうした状況は全くわからないが、それでも読む人の多くは「ああ、そういうことってあるかもしれないな」と思うのではないだろうか。

一首を味わっていると、歌の作者のいう「科学では解明できぬこと」は、この先も決して解明されないのではないかと思う。

アメリカの人気作家、ポール・オースターが一九九九年の初夏、ラジオ番組で「作り話のような実話を送ってほしい」と呼びかけたところ、一年余りで四〇〇〇通以上の投稿が集まった。その中から精選された『ナショナル・ストーリー・プロジェクト』には、不思議な話がいくつも語られている。兄が臨終を迎えたのと同時刻に、離れ住む弟が原因不明の全身の激痛に見舞われ救急車を呼んだ話、十代のころから夢で何度も見る家の話を姉にしたところ、自分の生まれる前に取り壊された亡き祖母の家と酷似していることがわかった話など――。

テレパシーについて、物理的に離れた地点から脳の電気信号が伝わるのではないか、といった科学的な解明を試みる研究者もいる。それはそれでよいだろうが、私たちはそういう不思議な物語を「偶然」や「気のせい」ではないものとして、ある畏れや幸福感などをもって受け止めてきた。それでよいのだと思う。

数・数学の不思議

πr^2が円の面積と腕で教える千手観音

武藤　義哉

「円の面積」の求め方は小学校で教わる。この歌で「πr^2」とあるように、「円周率かける半径の2乗」なのだが、突然の千手観音の登場には笑ってしまう。

円いケーキを切り分けるように円をいくつかに等分し、上下をさかさまにして互い違いに並べると長方形っぽくなり、細かく等分するほど長方形に近づくことになる。つまり、半径を短辺、円周の半周を長辺とする長方形の面積が円の面積となるとわかれば、この公式を忘れることはない。

千手観音は、悩み苦しむ人々を救おうと手を差し伸べる菩薩である。「千手」といっても、実際には四二本の腕をもつ観音像が多いというが、大阪府藤井寺市にある葛井寺には、本当に千本もの腕を広げた千手観音が祀られている。

この歌で作者は、千手観音の腕の長さが半径で、たくさんの腕によって分断された空間が集まれば円の面積になることを示してみせた。その機智も愉快だが、大いなる慈悲を表現する観音像が、算数がわからなくて困っている子どもに何とか円の面積を理解させようと、四苦八苦して腕を振り回しているようなイメージが伝わってきて、何度読んでも笑いがこみ上げる。


フィボナッチの数列しばし母と子を親密にさせ冬深むなり　　今野　寿美

フィボナッチ数列は、不思議な数列だ。1、1、2、3、5、8、13、21、34、55、89、144……と続く数は、いずれも、その前の二つの数字を足したもの、という規則に従っている。数列の名は、考案したイタリアの数学者、レオナルド・フィボナッチ（一一七〇年頃〜一二五〇年頃）にちなむ。これらの数が、自然の中に多く存在するのは不思議としか言いようがない。

ヒマワリの種の並び方を見ると、「時計回りに21列、反時計回りに34列」「時計回りに55列、反時計回りに89列」など、きれいにフィボナッチ数列を示す。松ぼっくりやパイナップルの螺旋も同様だ。

歌に登場する「子」は小学生くらいかなと思いながら読んだ。フィボナッチ数列について「お母さん、ふしぎだね！」と話したのがきっかけで、ひとしきり会話が弾んだ場面ではないだろうか。何かの本に、咲き終わったヒマワリの花の拡大写真が載っていて、親子で列を数えたのかもしれない。寒さの募る「冬」であることが示され、顔を寄せ合う「母と子」の親密さがいっそう強く印象づけられる。

君とわれ素数の距離にやすらけし踏みこまぬまま十三年　　尾崎　朗子

「君とわれ」は好意を抱いて交際しているが、大きな進展もなく「十三年」がたったという。それを作者は「素数の距離」と表現した。「十三」が素数であることで、何となく割り切れない思いが伝わってくる。

「素数の距離」を、「君とわれ」がそれぞれ素数である、ということと解釈しても面白い。素数は「1」と自分以外に割り切れる数を持たない孤独な数だ。例えば、自分自身を除いた約数の和が、互いにそれぞれと等しくなる友愛数のような、特別な関係も持たない。「2と3」「17と19」など、近いようだが同じ約数を持たない寂しさがある。

しかし、「やすらけし」という言葉からは、作者がどこか現状に満足する気持ちを抱いていることも伝わってくる。相手の領域に踏み込むのは少なからず勇気を要することだ。「素数の距離」の涼やかさは案外、得難い絶妙な距離なのかもしれない。

球体のどこを断っても丸になる　あなたは恋をしているのです　　五十子尚夏

上の句と下の句には、何の関係もないように見える。球をどのように切っても断面が円であることと、「あなた」が恋に陥っていることは、次元も性質も異なる。しかし、一首の中で並べられると、球の断面が必ず円であるように、その人が恋をしていることは自明だと作者が思っているらしいことがわかる。「球体」から思わぬ着地へ持ってゆくところが面白い。

最初に読んだとき、「あなた」は作者に対して恋ごころを抱いている人物だと思った。自信に満ちた作者が「あなたは私に恋をしているのね」と言ってみせていると解釈したのである。しかし、何度か読むうちに、「あなたは恋をしているのです」という余裕たっぷりな物言いは、作者に相談を持ちかけた友人への言葉ではないかと考え直した。「全くもう、○○君ったら、こんなこと言うんだよ」「この間も、○○君と映画を観に行ったんだけど……」などと不平を漏らす友に、「どう考えたって、あなたはね……」とご託宣のように告げた歌だと解釈すると、下の句の断定はおごそかでありつつ、温かなユーモアも感じられる。

クロソイド曲線に沿ひてハンドルをきりゆくきりてふたたびもどす　　真中　朋久

作者は車を運転している。そして、カーブに差し掛かってハンドルを切り、また戻すという一連の動作をしながら「クロソイド曲線」を思う。高速道路などで直線からカーブに入る際、いきなり大きな円の曲線のような曲がり具合だと、急ハンドルを切ることになって危ない。クロソイド曲線は、連続的に円の半径が小さくなる緩やかな曲線である。

この曲線は、道路のカーブだけでなく、急な勾配を避けて路面をなだらかにする際にも用いられる。土木の現場ではよく計算に使われるというが、作者はそうしたこともよく知り、道路を造る人たちへの感謝もこめて詠んだのかもしれない。

「ハンドルをきりゆくきりてふたたびもどす」と、すべてかな書きになっていることで、読むテンポが自然に落ちる。それはまるで、クロソイド曲線に沿って、ゆっくりとハンドルを切ってゆく動作そのものだ。そのあたりの計算も達者な作者である。

ななめ、ななめ、かけては引いてと子に解かす掃き出し法と今も言うらし　　森尻　理恵

「掃き出し法」とは、ある行列に対して、行の基本変形を繰り返し、階段行列に変形する際に利用する操作……だそうだ。高校時代、行列でつまずき、数学が全くわからなくなった私には、定義を書き写すことしかできないのだが、今回、この歌をきちんと解釈するためにYouTubeで線形代数の講座を視聴した。そして、やっと「ななめ、ななめ、かけては引いて」がどういう計算を意味するか理解することができた。この方法で連立方程式が解けることも初めてわかった。

歌の作者は理系出身の人なので、高校生の「子に解かす」という素晴らしいことを難なくこなすのだろう。そこにまず感激するのだが、歌として読むとき、「ななめ、ななめ、かけては引いて」という、絵かき歌のようなリズムがとても魅力的だ。

「掃き出し法」というネーミングに鶴亀算や旅人算なども思い出すが、これは上の行を使って、下の行の変数をどんどん消してゆく＝掃除する、掃き出す、ということで付けられた名前という。作者が「お、自分が勉強したころと同じ用語を今も使うのか」と自らの高校時代をちらと回想したことも盛り込まれ、気持ちのよい一首になっている。

ところで、この歌が収められた歌集が二〇〇八年に刊行された後、二〇一二年度の学習指導要領では高校数学から単元としての行列が消えた。教育現場からは「データサイエンスやＡＩを理解するうえで、線形代数や確率・統計の基盤になる行列は不可欠」という声が上がっており、教育再生実行会議は二〇一九年、ＡＩ戦略の一環として、行列などの考え方を高校で確実に学べるよう、カリキュラムの見直しを盛り込んだ提言をまとめた。現在この会議は廃止されたが、これまでの提言は教育未来創造会議に引き継がれているので、遠からず再び、高校生たちは行列を教わるようになるだろう。

正多面体の種類を想いつつ眠らな、四、六、八、十二、二十　　大滝　和子正多面体は「すべての面が合同な正多角形」「頂点に集まる面の数が等しい」「どこもへこんでいない凸多面体」という条件を満たさなければならない。この三条件をすべて満たしているのは、この歌で作者の列挙した五種類しかない。だから、眠れないときに羊を数えるように正多面体の種類を数えるというのではなく、それぞれの正多面体の展開図などを思い描きながら、眠りが訪れるのを待つという場面ではないかと思う。

二種類の正多角形からできている立体は、半正多面体と呼ばれる。正三角形と正六角形などいろいろな組み合わせがあり、こちらは全部で一三種類になる。正五角形と正六角形から成るサッカーボールも半正多面体の一種で、正二十面体の頂点を切り落として球形に近づけたものだ。

科学関係の取材をしていたころ、サッカーボールのような形に炭素原子が結合した球状分子「バックミンスターフラーレン」の存在を知った。20の正六角形と12の正五角形から成るこの分子は、安定性があって電気伝導性にも優れており、さまざまな分野での応用が期待されている。黒鉛にレーザーを照射することで、こんなに美しく有用な分子が生まれるというのは本当に不思議だ。歌の作者も、こうした図形や立体の美しさに魅せられているのだろう。

ＡＢＣ予想、ポアンカレ予想解かれてうつくし人間のゐなくなる世紀　　鹿取　未放
数学者はキノコ狩りにゆきしとふ　へいかううちうにひかる朝靄

数学の世界において「〜予想」という言葉は、まだ解かれていない問題を指す。「ＡＢＣ予想」は、オステルレ、マッサーという二人の数学者によって一九八五年に提起された整数論の問題、「ポアンカレ予想」は、数学者で理論物理学者のアンリ・ポアンカレが一九〇四年に提出したトポロジー（位相幾何学）の定理である。

歌の作者は、共に難問とされる二つの「予想」について興味を抱いた。たぶん、この二つが解かれたというニュースが相次いで話題になったからだろう。百年以上解かれることのなかったポアンカレ予想を証明した論文をグリゴリー・ペレルマンが発表し、それが正しいことが認められたのが二〇一〇年、ＡＢＣ予想について京都大学数理解析研究所の望月新一教授が自身のホームページに論文を発表したのが二〇一二年だった。

作者は二つの偉業について一首目で「うつくし」と詠んだ。謎めいているのは「人間のゐなくなる世紀」という部分だ。気候変動や核の脅威を思うと、やがて人類が滅びる日も遠くない、ということだろうか。そして、たとえ人類が滅んでも数学という世界の真理は美しく在り続ける、という達観なのかもしれない。「うつくし」が、予想の解かれたことではなく、「人間のゐなくなる世紀」に掛かるようにも読めるところが少し怖い。

二首目の「キノコ狩りにゆきし」と詠まれたのは、ポアンカレ予想を解いたペレルマン、「へいかうちう」は「平行宇宙」である。ペレルマンはこの功績によって数学のノーベル賞といわれるフィールズ賞の受賞者に選ばれたが、受賞を辞退しただけでなく、ポアンカレ予想を解いた賞金としてクレイ数学研究所から贈られる一〇〇万ドルを受け取ることも拒否し、数学界から去ってしまった。

作者は、ポアンカレ予想を巡る数学者たちの奮闘ぶりを描いたNHKのドキュメンタリー番組「数学者はキノコ狩りの夢を見る〜ポアンカレ予想・100年の格闘〜」（二〇〇七年）を観たのではないだろうか。人付き合いもほとんど断ったペレルマンは、ごくたまにサンクトペテルブルク郊外の森で趣味のキノコ狩りを楽しむらしい。作者は濃い靄の向こうにいるようなペレルマンの現在について、もしかしたらこの世界とは別の世界へ行ってしまったのではないか、と想像した。

ネット社会

釧路からも子の成績のすぐわかるネット社会に心乱るる　　森尻　理恵

ワーキングマザーの作者は、北海道・釧路に出張しているらしい。学校のサイトにアクセスし子どものIDを入力すれば、どこにいても成績を確認することができるシステムなのだろう。たいへん便利な状況だが、作者はざわざわとした思いを味わったようだ。

学校の成績は、一応、子ども自身の情報である。紙の成績表しかなかった時代は、いったん子どもが受け取り、自分で目を通したあと親に見せる、という流れだった。作者は、そのプロセスを省いて親が成績を確認できてしまうことに、かすかな疑問を抱いたのではないだろうか。私自身の中学、高校時代を思い出すと、ひどい点数をとったときなど、親から催促されてもなかなか答案用紙を見せなかった。しかし、今の時代であれば、否応なく親に成績がわかってしまうのだな、とちょっぴり子どもたちが気の毒になる。

この作者は、子どもの人格を尊重し、親と子の関係を大切に思う人なのだろう。たとえ子どもが成績表を見せたくないほど点数が悪かったなら、次回少しは発憤するだろう、と目をつぶって待てる知性の持ち主ではないかと思う。

スマホ操る君の行為はすでにしてビッグ・ブラザーに監視されている　藤原龍一郎

「ビッグ・ブラザー」は、ジョージ・オーウェル『一九八四年』に描かれる全体主義国家の独裁者である。ディストピア小説の名作とされるこの作品は一九四九年に書かれたものだが、すべての市民の言動が監視され、密告が奨励される社会をありありと描き出す。それから半世紀以上たった今、歌の作者は『一九八四年』のような監視社会がもう到来しているのではないかと懸念し、「君」に呼びかける。

「スマホ操る君の行為」は、さまざまなサイトや広告主によって分析されている。「監視」とまではいかないが、ユーザー一人ひとりの嗜好がアルゴリズムで解析され、その人の興味のありそうな記事や広告が優先的に表示されるようになっていることは自覚しておいていいだろう。そうした情報の偏りによって知らず知らずのうちに、限られた情報しか見られなくなる「フィルターバブル」の中に入ってしまうのは、まさに「ビッグ・ブラザー」の意図するところかもしれない。

作者は『一九八四年』を意識して、この歌を収めた歌集のタイトルを『２０２Ｘ』とした。「すでにして」には「かつて期待した未来は、こんなはずではなかった」という失望が滲むようだ。私たちは「ビッグ・ブラザー」の存在を意識すべき時代を生きている。


「歯医者にて埋め込みましょう。無料です。国民識別ＩＣチップを。」　大井　学

一首全体が誰かの台詞の形になっている。上の句だけでは何のことかわからないが、下の句まで読み、どうやら架空の世界の話らしいと気づく。

二〇二二年六月以降、ペットショップなどで販売される犬や猫には、マイクロチップを装着することが義務化された。チップは直径二ミリ、長さ一センチ前後のカプセル状だ。だいたい首の後ろに装着され、購入時に飼い主の情報が登録される仕組みである。この歌の「国民識別ＩＣチップ」にそれを思い出した。

「歯医者」「無料」というのが妙にリアルではないか。誰の台詞かわからないところも不気味で、オーウェルが『一九八四年』で描いてみせた監視社会がどんどん現実味を帯びてきたことを思わ

せる。マイナンバーカードがやがてＩＣチップになり、装着が義務化される状況を想像してしまった。

おもひみよネットのかなたしんしんと一万人のスタヴローギン　　坂井　修一

「スタヴローギン」は、ドストエフスキー『悪霊』に登場するニコライ・スタヴローギンである。貴族という特権階級に属し、知性や容貌にも恵まれた若者だが、深い虚無を抱え、少女を陵辱して自殺に追いやったり、間接的に殺人を教唆したり、といった行為を重ねる。インターネットを利用したサイバー犯罪の危険性を熟知する作者は、スタヴローギンのような理由なき悪意に満ちた人物が「ネットのかなた」にはいくらでも存在することを警告するのである。

「おもひみる（惟る）」という動詞は、思い巡らす、心を集中させて考える、という意味だ。「しんしんと」は、ひっそりと静まりかえっている様子や、身の凍るような寒さがしみとおってゆくさまなどを表す。この歌では、インターネットでつながった向こう側に、底知れぬ闇を抱えた人物が必ずいるであろうこと、そして、そのことを恐れる感情が詠まれている。

誰もがスマホやパソコンを使い、インターネットで世界とつながれるようになった今、その便利さと同時に、システムの不完全さや人間の暗部をも心得ておくべきだろう。特に若い人たちに伝えたい一首と思う。

AI、ロボット

穴六つ腹腔にあけ弟はロボットアームに手術されをり　佐々木通代

作者の「弟」はロボットアームを用いた腹腔鏡手術を受けたようだ。従来の腹腔鏡手術と同じように行われるが、「人が施術する際の手ぶれが防げる」「細長い手術用器械を使うことで、より正確に細かい操作を行える」というメリットがある。こうしたロボット支援手術は、二〇一〇年代半ばから徐々に行われている。

ロボットが自動的に手術をするわけではなく、医師が内視鏡画像を見ながらロボットを操作するのだが、手術の様子を見れば「ロボットアームに手術されをり」と思ってしまうだろう。いつの日か、医師がいなくてもロボットが執刀できるようになる時代が来るのだろうか。

蜂よりも大きな羽音たてながらドローンが空を飛んでゐるなり　服部　崇

遠隔操作によって飛行させる小型無人機を「ドローン（drone）」と呼ぶ。これまで空から写真や映像を撮る際は気球やヘリコプター、航空機などが使われてきたが、ドローンの登場によってもっと手軽に、また低空からの撮影が可能になった。作者が「蜂」を比較対象に出してきたのは、ドローンがもともとミツバチのオスを意味するからだ。

いくら小型とはいえ、プロペラやモーターを動かせば起動音を立てる。もし、静かに飛ばすためにプロペラの回転数を減らしたり静音モーターを使ったりすると、パワー不足で機体がふらつくなど飛行の安定性や画像の質にも影響が出てしまう。また、音が小さくなれば、盗撮や爆発物の搭載などに悪用される可能性が高まるとも懸念されている。きちんとした撮影目的であれば、「蜂よりも大きな羽音」はやむを得ないというのが現状のようだ。

ドローンの語源を思いながら、作者は空を見上げる。災害時の避難誘導や山間部への物資輸送など、空撮以外の目的も広がっている。ドローンの飛ぶ空は、どんどん日常の風景になってゆくのだろう。

魂入るる仏師のごとくわが少女ヒューマノイドのプログラミングす　　藤野　早苗

「わが少女」は作者の娘と思われる。プログラミング学習は二〇二〇年度から小学校でも必修化されたが、人型ロボット「ヒューマノイド」を作るには高度な知識が必要だから、高校生ぐらいだろうか。パソコンに向かってあれこれとコマンドを打ち込んでいる姿を、母親である作者が見かけた場面のようだ。

仏師が魂をこめて仏像を彫るように——という比喩が、「ヒューマノイド」「プログラミング」という現代的な言葉につながるギャップがいい。「精魂傾けて」という表現もあるが、「魂入る」からはさらに没頭している様子が浮かんでくる。作者にとって、これまで見たことのないくらい真剣な表情だったのではないか。「もうすぐごはんよ」と声をかけるのもはばかられるほどの「わが少女」の様子が愛らしい。

エアコンも扇風機も人工知能持ち今日もわたしは見張られている　吉本万登賀

家電の進化の速さは本当に恐ろしいほどだ。ＡＩを搭載したエアコンは、室温の調節のみならず壁や床の温度を検知して加湿・除湿を行ったり、受信した気象データに基づき部屋全体を快適に調えたりする。扇風機も、周囲の温度と湿度を感じ取って風量を調節し、音声によって電源のオン・オフや首ふりに対応する。

こうしたＡＩ家電は、使えば使うほどユーザー固有の好みや生活パターンを学習し、使いやすさを増すとされる。家族の一員のような感覚になってゆくのかもしれない。しかし、この歌の作者は、何となく一つひとつの家電に「見張られている」ような気持ちを味わう。ＡＩが搭載されたことによって、ただの機械が何か人格を備えた存在に思え、居心地の悪さを覚える——今の段階では、共感する人はかなり多いのではないだろうか。私の家にはまだＡＩ家電はないが、この作者の気持ちは想像できる。

けれども、そんな違和感は恐らく、あっという間に払拭されるのだろう。あらゆる家電がＡＩ家電になったスマートホームの普及が進み、集合住宅などではそれが標準になる日も遠からず来るはずだ。

青空よミスを重ねし人間がＡＩに面罵さるる日来るや　　栗木　京子

電話応対や議事録の作成などにＡＩが活用される場が増えてきた。人間の仕事がどんどん奪われるのはもちろん、やがてＡＩが人間に指令を出す未来もやってきそうだ。作者はそんな未来を思い描き、ミスばかりしていたらＡＩに激しく罵られる日も来るのだろうか、と青空を仰いで問いかける。

「面罵」という言葉が強く響き、やや気圧される。間違いを犯すのが人間だ、という言い方もできそうだが、たぶんＡＩは面と向かって人を罵るようなことはしないだろう。そんな「人間的な」叱り方はプログラムされていないはずである。しかし……ＡＩが自ら意思をもって行動するようになったら、どんなことになるかわからない。ＡＩが人間の指示に従わず反乱を起こす、という事態は近未来を描いたＳＦ作品の中でよく起こることだが、青空はどんなふうに答えてくれるだろうか。

ＡＩの美空ひばりに聴き惚れてゐる（ふりの）顔怖し大みそか

松本　典子

二〇一九年の大みそか、ＮＨＫ「紅白歌合戦」の舞台に、白いドレスに身を包んだ故・美空ひばりさんが登場した。過去の歌唱データから再現した歌声をもとにＡＩ技術で新曲を歌わせ、コンピュータグラフィックス（ＣＧ）による立体映像を組み合わせた演出だった。この試みについて、「感動した」「ＡＩはすごい」という声が寄せられた一方で、「気味が悪い」「死者への冒瀆だ」などの否定的な意見も寄せられたという。

歌の作者は、ＡＩ技術そのものについては何ら評価を下していない。ＡＩでよみがえった歌手の姿や歌声について述べるのではなく、その歌声に「聴き惚れてゐる（ふりの）顔」が怖いといっているところに、鋭い批評がある。

亡くなった人の声や姿を再現することの善し悪しは、こうした技術が進む中で議論が深まってゆくのだろう。たとえ遺された家族や関係者全員の同意が得られたとしても、亡くなった本人の意向はわからない。そうした問題を考えずに、ただ大好きだった人の声や姿がよみがえったことに感動するのは軽率かもしれない。

そして、作者が怖いと感じるのは、亡くなった歌手の登場という思いがけない演出に感動した人ではなく、「周りの人が感動しているみたいだから、自分もそういう表情をしなければ」「こういう技術には感心してみせるものだ」などと考え、感動したふりをした人なのだ。

AIは人格継承できるのか？ピーター・スコット肉体ほろぶ　　篠原　節子

ピーター・スコット・モーガンは、英国出身のロボット工学者である。二〇一七年に全身の筋肉が徐々に衰えてゆく難病、筋萎縮性側索硬化症（ALS）と診断されたのをきっかけに、AIと融合したサイボーグとして生きることを決意した。具体的には、あらかじめ30時間分の音声データを録音し、声を出して話す機能が衰えた後、自分の目の動きによって入力した文章をAIが読み上げるというシステムを作り上げた。話す内容によって表情を変える三次元のCGアバターも制作し、インタビューを受けたり、親しい人と会話したりすることが可能になった。そのプロセスは二〇二一年に刊行された自伝『ネオ・ヒューマン――究極の自由を得る未来』に詳しい。「ピーター2.0」と名付けられたAIは、ピーターさんの思考法や感じ方を学び続けることで本人との一体化が進み、永遠に生きながらえるはずだ――。

ピーターさんは二〇二二年六月、六十四歳で他界した。歌の作者は、AIとの融合という彼の挑戦的な生き方を見守ってきたのだろう。とてもストレートに「AIは人格継承できるのか？」と疑問をぶつけた。しかし作者はたぶん、もう答えを見つけている。結句の「肉体ほろぶ」という表現からは、本人の死後に残されたAIは、本人ではないという当たり前のことが伝わってくる。

ピーターさんの制作したＡＩのその後はわからないが、彼が中心になって創設した慈善団体「スコット・モーガン基金」は今も活動し続けている。基金の目的は、人工知能、仮想現実、ロボット工学など高度なテクノロジーを倫理的に活用し、年齢や健康状態などによって活動が制限されている人々の能力と福祉を向上させるための研究を促進、遂行することと謳われている。才能と勇気に満ちたピーターさんの思いは今も生き続け、多くの人を励ましている。

科学史

極天のひかりの帯をオーロラと初めて呼びしガリレオ・ガリレイ　尾﨑　朗子

サントーリオ・サントーリオは咥えたりサントーリオ・サントーリオの体温計を　北辻　一展

ガリレオ・ガリレイは一五六四年、サントーリオ・サントーリオは一五六一年、共にイタリアに生まれた科学者である。二人が活躍した一七世紀は、科学革命の時代と呼ばれ、「ケプラーの法則」で知られるヨハネス・ケプラー（一五七一〜一六三〇年）、万有引力を発見したアイザック・ニュートン（一六四二〜一七二七年）らがそれまでの価値観を大きく転換させた。

ガリレオは天文学や物理学などの分野で近代科学的な手法を数多く樹立し、「近代科学の父」と呼ばれる。一首目の作者は、ガリレオが「オーロラ」の命名者という説に興味を抱き、数百年前の空を彩ったオーロラと、彼の成し遂げた多くの功績に思いを寄せた。

二首目は、「サントーリオ・サントーリオ」という奇妙な名前が二回も繰り返される面白い歌だ。サントーリオは一七世紀の初めに体温計を発明した。曲がったガラス管の一方を球形に加工したものに水を入れ、ガラス球を口に含むことで膨張した空気が管内の水位を上げる度合いで体温を測る仕組みだった。

今でこそ電子体温計がふつうになったが、私が子どものころは水銀の入った体温計しかなかった。水銀の膨張する性質を利用した体温計は一八六六年に発明されたが、世界保健機関（ＷＨＯ）が医療機関での使用を二〇二〇年までにやめるよう指針をまとめたので、もう目にすること自体なくなった。体温計の歴史もどんどん変わるのだなぁ、と思う。歌の作者は、自分の発明した体温計を自らくわえて計測したであろうサントーリオの姿を思い浮かべて、敬意をこめてその名を連呼したのである。

フーコーの振り子のふしぎなる揺れを冥府にありて忠敬は見む　　高野　公彦

伊能忠敬（一七四五〜一八一八年）は全国を測量して歩き、正確な日本地図を作成したことで知られる。測量のために歩いた距離は、一七年間で約四万キロメートルに達した。

この歌の作者が、なぜ「フーコーの振り子」と忠敬について詠んだかというと、忠敬が測量の際に、振り子時計の一種である垂揺球儀を用いたからだと思われる。振り子が振れた回数で時間を算出するもので、経度を求めるために使われたが、なかなか正確には測れなかった。そんな時代だったが、天文暦学に関心のあった忠敬は、方位と距離を各地点で測るという当時行われていた測量法に、星の南中高度を測って緯度を決定する天文測量の手法を組み合わせ、精度の高い地図を仕上げた。歌の作者は忠敬の丁寧な仕事ぶりに胸を打たれ、彼が冥府で「フーコーの振り子」を見たら、さぞかし喜んだだろうと想像したのである。

フランスの物理学者、レオン・フーコーは、奇しくも忠敬の亡くなった翌年に生まれた。地球の自転を証明する有名な「フーコーの振り子」実験を行ったのは、一八五一年である。「フーコー」「振り子」「ふしぎなる」と「ふ」が繰り返されるリズムが楽しく、上の句からは振り子が揺れているような感じが伝わってくる。冥府の忠敬は、緯度によって回転角が変わるのだと説明され、感嘆の表情で見入ったはずだ。


飛行機と飛行機雲を産み出して二十世紀のはじめごろ美《は》し　　松木　秀

ライト兄弟が動力飛行機の飛行に成功したのは、一九〇三年である。まさに「二十世紀のはじめ」を象徴する出来事だった。この歌の作者が、飛行機のみならず「飛行機雲」に着目したところに感じ入る。

飛行機雲はそれほど珍しいものではないが、青いキャンバスに白い直線を大胆に描いたような雲を見ると、ちょっと嬉しくなる。二〇世紀以前の人はあの雲を見たことがなかったのかと思うと、今の時代に生まれて得したような気持ちにもさせられる。

初飛行に成功して十年余りで第一次世界大戦が勃発し、飛行機は早速、新兵器として偵察や爆撃などに使われ始める。歌の作者が「美し」と表現したのは、あくまでも平和だった一九〇〇年代の「飛行機と飛行機雲」なのである。飛行機雲だけはいつの時代も変わらず、まっすぐに青空に伸びてゆくのだが。

算数の天才たりしフォン・ノイマン原爆つくり膵癌に死す　　坂井　修一

ジョン・フォン・ノイマンは物理学、工学、コンピュータ科学など多くの分野で功績を残した科学者で、特に原子爆弾の開発にかかわったことで知られる。第二次世界大戦中、米ニューメキシコ州のロスアラモス国立研究所には多くの科学者が集められ、原子爆弾開発のための「マンハッタン計画」が進められたが、ノイマンはその中心的指導者だった。

天才数学者といわれたノイマンを、作者が「算数の天才」と表現しているのはなぜか。恐らく、彼が「科学で可能なことは徹底的に突き詰めるべきだ」と科学優先主義を唱えただけでなく、「この世界に責任を持つ必要はない」という虚無的な考えを持っていたからだろう。原爆を投下する標的を決める会議の場で、ノイマンは京都を強く主張したという。日本人の戦意を喪失させるには最も有効だと考えたからだ。

歌の作者は、コンピュータ科学を専門とする研究者である。プログラム内蔵方式の「ノイマン型コンピュータ」の開発などにより、ノイマンは「コンピュータの父」と呼ばれており、作者にとっては他の分野の偉人以上に大きな存在であるはずだ。それだけに、ノイマンの非人間的な考えは許し難いものであり、どんなに優秀な頭脳を持っていたとしても、それはたかだか「算数の天才」でしかなかったのだと痛烈に批判した。

戦後、ノイマンは膵臓癌と診断され、一九五七年に亡くなった。太平洋での核爆弾実験の観測や、ロスアラモスでの核兵器開発の際に放射線を浴びたことが原因と見られている。「原爆つくり膵癌に死す」と素っ気なく事実を述べた下の句には、「自業自得だ」と言い放つような冷ややかさを感じる。

「キュリー夫人」が「マリー・キュリー」になりてなお問うは険しき科学者の責　　奥山　恵

子ども向け伝記には『キュリー夫人』というタイトルが多く、マリー・キュリーの次女エーヴが書いた評伝でさえ『キュリー夫人伝』と訳されている。しかし、二〇一〇年代以降、『マリー・キュリー』と題する学習マンガや伝記が相次いで刊行されている。子どもの本の専門店を営む作者は、そこに着目したのだろう。日本で初めて『キュリー夫人』が刊行されたのは一九〇〇年、それから百年以上たってようやく「マリー・キュリー」という名前が定着してきたのである。

作者はそうした歳月の長さをもって「なお」、私たちは科学者にその責任を問わなければならないと言う。放射線の研究に打ち込み、放射性元素を発見したマリー・キュリーを責めるのではない。現代を生きる私たちは、さまざまな分野で科学を進展させてきた科学者たち一人ひとりの「責」を問う必要があるというのだ。科学研究それ自体は悪を孕むものではない。しかし、例えば、ドローンなどの航空技術や生命科学研究も、軍事技術に転用される可能性がある。私たちは以前にも増していっそう注意深く「科学者の責」を問うべきであり、そのための情報や知識を手に入れなければならないのだ。

科学研究

研究を続けるべきか　新雪のところどころが夕陽にそまる　北辻　一展

研究が五年残らぬ時代なり緑茶を淹れる間《ま》にも古びて　田中　濯

理系の研究者を取り巻く環境は厳しい。同じテーマを追う他の研究者に先んじて成果を上げる苛酷さもあれば、任期付きの非正規雇用の場合、その期間中に成果を上げなければいけないという重圧もある。

一首目は、作者が博士研究員だったころに詠まれたという。「ポスドク」という呼称の方が通じやすいかもしれないが、博士号を取得した後の任期付きのポジションである。積もったばかりの雪が夕陽に照らされ部分的にほの紅く染まる美しい光景は、作者が実際に見ているものとも心象風景とも解釈できる。まだ誰も踏んでいない「新雪」は、未発見の真理が潜む研究分野の象徴ではないか。そこに足を踏み入れる喜びと興奮は、科学者ならではのものだろう。けれども、自分の選んだ研究テーマの発展性や安定した職に就けるかどうかという不安など悩みは尽きず、作者は複雑な思いで「新雪」を見つめるのである。

二首目の作者が「五年」と書いているのは、任期の年限を思わせる。これまで五年ごとに契約を更新して働く研究者が多い状況も問題だったが、二〇一三年に改正労働契約法が施行されたことでさらに問題は深刻化している。この改正法は、有期雇用された人が同じ職場で五年を超えて働く場合、安定した無期雇用への転換を申し出ることができるようにする内容で、研究職は特例として「一〇年を超えて働く場合」とされている。働く人にとっては朗報になるはずだったが、現実には、無期雇用とならないよう一〇年で「雇い止め」にされる事態が起こり、多くの若手研究者が転職を強いられたり研究の場を失ったりした。同じ研究機関で一つのテーマを追究することの難しい状況は、一人ひとりの研究者の問題だけではなく、国の未来を危うくするものではないだろうか。

苦心して得た研究成果が「緑茶を淹れる間」にも新たな発見によって塗り替えられてしまうという表現は、厳しい現場を表しており、決して大げさではないのだろう。苛烈な競争に携わる研究者たちが、再雇用を心配せず、研究ひと筋に進めるようになるのを祈るばかりだ。

研究者の旬の季節は短しと過ぎてようやく理解しはじむ
予算とる才覚なければ頭下げ実験装置を借り歩くまで
森尻　理恵

作者は地質学を専門とする研究者である。ワーキングマザーとしても奮闘し続けてきた。「研究者の旬は短いよ」というのは職場の先輩からの言葉だろうか。理系の研究者には解析力やひらめきに加え、気力、体力が充実していることが求められるに違いない。多少の無理がきく若い時期でないとやり通せない実験などもあるのだろう。人生は後ろに行けばいくほど、出産や育児、家族や自分の病気、親の介護など対処しなければならないことが増えてくる。作者は「研究者の旬の季節」を過ぎて「ああ、そういうことか」と思い至った。一首目には少なからぬ口惜しさが感じられる。

しかし、この作者はタフである。二首目では、科研費など研究に充てる予算が自分でとれなければ、実験装置を持っている研究室に借りると言ってみせる。最後の「まで」は、「借りてくるだけの話」という、さばさばとした決意表明である。

論文の、新聞掲載の数競ひ子は眠らぬを　一生は亀のゆめだよ　　鹿取　未放

作者には科学研究の道に進んだ「子」がいるようだ。睡眠時間を削り研究に没頭している日々を母として案じている。たくさん論文を書いて実績を上げなければ研究者として認められないことはわかるが、「新聞掲載」の数まで競わされるというところに驚いた。

科学取材をしていたころは、学会シーズンになると、いろいろな学会の講演要旨集を取り寄せ、内容をチェックするのが仕事だった。面白そうな発表を見つけると事前に取材し、学会発表に合わせて記事を書くのだ。新聞記事ではあるし、自分に専門的な知識がないので、どうしても「○○を食べるとがんになりにくい」といった健康に関するテーマや、「○○に役立つ」など実用的なテーマの発表を選ぶことが多かった。

ここ十年くらいにノーベル賞を受賞した研究を見ると、以前より比較的わかりやすい実用的なテーマが増えているように感じる。また、日本の大学ではこのところ特許の取得が研究評価の一つの指標となっているという。基礎研究よりも応用研究が評価される時代となれば、研究論文が

新聞で紹介されることも、若手の研究者には大事なことなのかもしれない。そうであればなおのこと、私自身の反省をこめ「新聞掲載の数」なんて気にしないでいいんですよ、と伝えたい。

歌の作者は、研究に忙殺されている子に「一生は亀のゆめだよ」とやさしく言う。亀は長寿の象徴だが、ここでは岩の上でのんびりと陽を浴びているようなイメージだろうか。慌ただしく過ぎる人間の日常と違い、「亀のゆめ」はどこまでもゆったりとたゆたう。結句は大幅な字余りになっており、たゆたう感じを伝えてくる。すべての研究が実用性を追求する必要はなく、こつこつと一つの真理を探究するものもきちんと評価されればよいのに、と思う。

白衣着てゴーグル付けて手袋嵌めた着ぐるみリケジョわれは脱いだよ
リケジョなるゆるキャラめいた言の葉で踊らされたるわたしもいたり
遠藤　由季

作者は応用化学を学び、化学薬品メーカーに就職した経歴をもつ。薬品の成分を分析する部署で働いていたが、職場に女性が少なく、男性と同じ仕事をさせてもらえなかったこと、また手荒れがひどかったこともあり、将来に見切りをつけて退職したという。

薬品を取り扱う現場では、防護のために白衣はもちろんゴーグルや手袋も必要である。一首目は、それらを脱ぐのと同時に「リケジョ」という着ぐるみも脱いだと見立てたところに、苦い思いが滲む。「理系女子」を意味する「リケジョ」は、二〇一〇年ごろから理系の女子学生や女性研究者を指す言葉として使われた。作者は二首目で、「リケジョ」はある意味「ゆるキャラ」のようなもので、そんな新語に踊らされてしまった部分もあったかなぁ、と省みるのである。

しかし、「理系男子」という言葉はない。「閨秀作家」「女流ピアニスト」といった表現はほとんど見なくなったが、女性が少数であるために注目され、時に持ち上げられることは依然として続いている。大学や研究現場の状況は、「リケジョ」がもてはやされた頃から少しは変化したのだろうか。

ワトソンとクリック讃える記載あれどフランクリンに触れしは一社　　森尻　理恵

分子生物学者のジェームズ・ワトソンと、生物学者のフランシス・クリックは一九六二年、DNAの二重らせん構造を提唱した功績でノーベル医学生理学賞を受賞した。DNAの分子構造は中学、高校の生物の教科書にも掲載されており、「ワトソンとクリック」という人名も覚えなければならない固有名詞のようだ。しかし、歌の作者は、そこにロザリンド・フランクリンの名前がほとんどないことに着目する。「一社」という言葉から、複数の出版社の教科書を読み比べたことがうかがえる。

ロザリンド・フランクリンは、イギリスの物理化学者である。一九五〇年代、ロンドン大学でDNA結晶にX線を照射して分子構造を解明する研究に取り組み、二重らせん構造の解明につながるX線回折写真を撮ることに成功した。同僚の研究者だったモーリス・ウィルキンスがワトソンとクリックにその写真を見せたところ、DNAが二重らせん構造であることを確信した二人は、一九五三年に論文を発表。フランクリンは一九五八年にがんで亡くなり、ノーベル賞の栄誉はワトソンとクリック、そしてウィルキンスの三人に与えられた。

研究者同士のライバル意識や、フランクリンの撮影した写真を他の研究者に見せた倫理性など、DNAの構造解明にはいろいろな問題が絡んでいた。そして、フランクリンが女性だったために被ったデメリットは小さくなかった。彼女の功績が正当に評価されるようになったのは二〇〇〇年代になってからだ。自らも科学者として歩んできた歌の作者は、そのことを苦々しく思い、「一社しか……」と唇を嚙むような思いで詠んだのだ。

ヒトゲノムだったら五人分入るUSBメモリが二千円　　松木　秀

かつて「ヒトゲノム計画」という国際プロジェクトがあった。一九五三年にジェームズ・ワトソン、フランシス・クリックの二人がDNAの二重らせん構造を明らかにして半世紀を迎えるのを記念し、二〇〇三年までにヒトの全ゲノムを解読しようという取り組みだった。一九九〇年からスタートしたプロジェクトは、当初の予定よりも早く二〇〇〇年にゲノム解読の概要版を完成させた。

ヒトゲノム計画が終了し、最も人々を驚かせたのは、たんぱく質をコードしている遺伝子数が約二万三〇〇〇個と予想よりもかなり少なかったことだ。プロジェクトが始まった当時は、「ゲノムに含まれている遺伝子がわかれば、人間のすべてがわかる」というふうに期待されたが、そんなことは全くなく、遺伝子のオン／オフ機能を制御する仕組みなどが新たな研究課題となった。

ＵＳＢメモリが日本で初めて発売されたのは二〇〇〇年である。当初は高価だったが、半導体の性能が向上し、すぐに大容量の製品も安く買えるようになった。ヒトの全遺伝情報は三〇億塩基対で、７５０ＭＢ《メガバイト》のデータ量に相当する。だいたい音楽用ＣＤと同じくらいで、１ＧＢ《ギガバイト》（ギガ＝メガの１０００倍）のＵＳＢメモリなら、楽々入ってしまう。この歌が収められた歌集は二〇一三年に出版されており、現在では「五人分」のデータが入るＵＳＢは「二千円」もしない。科学研究も技術革新も、本当に驚くほど早く変化してゆく。

科学極まりあるときヒトを超えてゆくロスアラモスも登戸もまた
ワクチン開発がウイルス兵器の開発へくるっと変わる戦時のある日
奥山　恵

一首目の「ロスアラモス」は米国のロスアラモス研究所、「登戸」は神奈川県川崎市にあった旧陸軍科学研究所のことである。第二次世界大戦中、ロスアラモスでは原子爆弾の開発が行われ、旧日本陸軍の秘密機関、登戸研究所では生物化学兵器の開発が行われた。作者は、純粋な探究心によって進められた科学研究の成果が、科学者の思惑を超えて兵器ともなる恐ろしさを痛感している。

二首目で作者は、過去の出来事を思っているのか、それとも未来を危ぶんでいるのか——。登戸研究所では細菌戦に備えワクチン研究も行われていたことが、二〇二〇年になって市民ら有志の研究会の調べで明らかになった。ウィルスや細菌を使った兵器の開発と、そうした兵器から身を守るための研究は、戦時下では表裏一体のものである。「くるっと」のかろやかさ、明るい響きが、いっそう怖さを感じさせる。未来の「ある日」を回避するために、過去の「戦時」について学び続けたい。

サイエンスとサイエンスの罪を思いおりこの世かぎりの科学者われは　　田中　濯

この歌は、東日本大震災後に起きた原発事故の際に詠まれた。作者はちょうど仙台に住んでおり、間接的にではあったが震災の被害に遭った。医学系の研究者である作者は、科学者の一人として、原発事故に代表される「サイエンスの罪」とそれに対する責任を思ったのである。

下の句の「この世かぎりの科学者」という言葉に、ひりひりとした痛みを感じる。どんな研究に携わる科学者も、自分の生きる時代しか見届けることができない。けれども、生み出された科学技術は、科学者が死んだ後も生き続ける。それがどのように活用されるか想像するのは難しいだろう。軍事などに応用される可能性について、一人ひとりの科学者に責任を求めるのは無理かもしれない。しかし、そうであればなおのこと、現段階で予測できる事態については、社会全体で知恵を出し合って対策を講じるべきではないだろうか。

ジョン・フォン・ノイマンは「この世界には普遍的な責任や道徳など存在しない」と言い切った。彼は「サイエンス」を究め、「サイエンスの罪」を思わなかった。真の科学者は、この両方について考え続ける人だと思う。

人類とは・ヒトの進化

アフリカのイヴに供へし花々の花粉もまじりて降る雪ならむ　紺野　万里

作者は、アフリカ大陸に生きていた人類の祖先のことを思っている。恐らく彼らも死者を悼む際に花を手向けただろうと考え、さらに、その遥か昔の花々の花粉がいま目の前に降っている雪片に混じっているかもしれないと想像した。

約四万年前までアフリカ大陸にいたネアンデルタール人が死者を悼む心をもっていたことは、人骨の化石と共にヤグルマギクやノコギリソウの花粉が大量に見つかった事実からほぼ確実とされている。「イヴ」というのは、全人類の共通女系祖先に名付けられた「ミトコンドリア・イヴ」

という名称から来ているが、複数種の人類が同時期に生きていた可能性があり、「アフリカのイヴ」の人種は不明である。

花粉の細胞壁は丈夫なので、紫外線や土壌バクテリアの影響を受けにくい湖底や湿原などでは何万年も分解されずに残る。最古の花粉化石は一億三五〇〇万年前のものだから、「アフリカのイヴ」が生きていたころの花粉化石も残っているはずだ。「降る雪」にまじるという状況では、太古の花粉はあっという間に紫外線で分解されてしまうだろうが、ここは詩的な風景、詩的真実として楽しめばよいと思う。

いにしへのデニソワびとも見まもりし炎たつなり薪のうへに　　坂井　修一

「デニソワびと」と聞いて、「お！」とわくわくする人も多いだろう。二〇〇八年に西シベリア南部のアルタイ地方にあるデニソワ洞窟で見つかった骨が、約四万一〇〇〇年前のものと推定された後、ミトコンドリアＤＮＡの解析結果から、約八〇万年前に現生人類から分岐した未知の人類だと発表された。このデニソワ人は、ＤＮＡ解析だけで新種とされた最初の人類である。その後の研究で、デニソワ人は数万年前まで生きており、ホモ・サピエンスとの交雑が起こった可能性があることもわかってきた。

作者は佐渡・牛尾神社の薪能を見つつ、デニソワ人発見のニュースを思った。人類が火を使うようになったのは、五〇万年前から四〇万年前と考えられているから、彼らも火をおこし、体を温め、煮炊きをしただろう。デニソワ人《じん》ではなく「デニソワびと」とやわらかく表現したことで、その存在が歳月を超えて身近に感じられる。

パプアニューギニアの人々のもつDNAの数パーセントはデニソワ人に由来しているという。自分の中に遥かな地球の歴史が入っているかと思うと、不思議な温かさに満たされる。

どこから来てどこへ行くかと駅員に根源的なことを聞かれる　　武藤　義哉

「我々はどこから来たのか、我々は何者か、我々はどこへ行くのか」というのは、ポスト印象派の画家、ポール・ゴーギャン晩年の大作のタイトルである。赤ちゃんから老人まで何人もの人間が描かれたこの絵に、なぜ人類が抱く根源的な問いがタイトルとして付けられたのだろう――。分子人類学の研究者、篠田謙一さんは、ゴーギャンが制作した一九世紀の終わりごろはちょうど、ネアンデルタール人に続いてジャワ原人が発見され、ホモ・サピエンスに連なる系統の理解が人類の起源を明らかにするカギだと認識されるようになった時代だったことを、『人類の起源』（中公新書）の中で指摘している。

歌の場面は、駅の改札口のようだ。乗り換え駅で降車した際、切符をなくしたか交通系ICカードがうまくタッチできていなかったことが判明し、駅員さんに訊ねられていると思われるが、とっさにゴーギャンの作品を思い出した作者の戸惑いに笑ってしまう。私たちは日常の雑事に追われているが、そんな中で人類の起源や進化について思いを巡らせる時間が持てるのは大きな喜びであり、多くの科学研究のおかげである。

この星に未知の土地なくせめてわれホモ・インコグニタとして生きてみたきよ

渡辺　泰徳

かつて冒険者たちは、開拓されていない未知の土地、ラテン語でいうところのテラ・インコグニタ（terra incognita）を目指した。作者は、Google Earth で隈なく探索されてしまう現代には、もはや「未知の土地」が残されていないことを嘆いている。そして、自分はせめて未知の人類、「ホモ・インコグニタ」としてひそやかに生きられないものか、と空想するのである。

生物の種を表す際、学術分野ではラテン語の学名が用いられる。人類の場合、例えばホモ・サピエンス（Homo sapiens）は「賢い人」、ホモ・エレクトス（Homo erectus）は「直立する人」を意味する。この作者は、それをもじって「ホモ・インコグニタ」という新しい種名をつくってみせた。

マイナンバーカードで、個人の戸籍や資産、医療情報などがすべて一元化して管理されようとしている。スマホやパソコンを使えば、知らないうちに自分の情報が把握されてしまう時代でもある。私もため息まじりに「ホモ・インコグニタとして生きてみたきよ」とつぶやいてみる。

進化図のそこから先の空白をホモサピエンス裸体にあゆむ　川野　里子

生物の進化図にもいろいろあるが、あくまでも現時点での理解、把握でしかない。数万年単位で考えるとき、私たち「ホモサピエンス」がこの先、いつまで地上に存在し続けるかもわからない。描かれていない「そこから先の空白」を見る作者のまなざしは不安気だ。

「裸体にあゆむ」には、はっとさせられる。どんなに科学が発展しても人間は裸で生まれ、身にまとう衣類はすべて地球上に存在する資源を用いたものである。もちろん、それは比喩である。日々の生活を支えている科学技術は衣服のように私たちの日々の暮らしを覆っているが、一人では何も作り出せないことを表現したのだろう。「裸体にあゆむ」心細さを忘れてはならないと思う。

センス・オブ・ワンダー

メンデルのゐんどう　銀河系宇宙　少年のほの暗き酩酊　寺松　滋文

「少年」は作者自身ではないか。小学校高学年くらいの時期、そろそろ思春期の入り口に差しかかるころ、エンドウマメを掛け合わせる実験で明らかになった「メンデルの法則」や、宇宙にはいくつもの銀河があることを知って、少年はうっとりと酩酊するような感覚を味わう。
形質の遺伝は、円いエンドウマメとしわしわのエンドウマメを交配させたときのように必ずしも対立遺伝子の一方の形質のみが現れるわけではないのだが、少年の目には隠された法則の美しさを象徴するものとして映ったのだろう。太陽系が属している天の川銀河には、何千億という恒星が存在する。地球は、自分は、なんと小さな存在なのか――と少年は夜空を見上げる。「ほの暗き」はいろいろな解釈ができるだろうが、幼いころに見ていた輪郭のはっきりした明るい世界ではなく、未知の事柄にあふれている広大な世界への畏れと憧れを表しているのではないかと思う。

ふかぶかとクロッカスの花に見入りたりまこと「細部に神は宿《やど》る」　　小池　光

科学者には、世界の不思議や美しさを感じ取る感覚、センス・オブ・ワンダーが不可欠とされる。その感動こそが、科学者が真理を見出す何よりの原動力になる。この歌の作者は、クロッカスの花に「ふかぶかと」見入る。クロッカスは愛らしい花だがそれほど珍しくはなく、私だったら「あ、クロッカスか」と思った次の瞬間には目を逸らしてしまいそうだ。けれども作者は、クロッカスの花を仔細に観察すればするほど、その花弁の形や色、全体のバランスなどに感激するのである。これこそが、センス・オブ・ワンダーだと思う。
「細部に神は宿る」は、建築物などの人工物が細部に至るまで入念に作られて初めて、全体の完成度が高まる、というのが原義らしい。しかし、この作者は小さなクロッカスの、さらに小さな部分の精妙さに、人間の知恵の及ばない造化の妙を思った。そこに「神」の手の業を感じたのである。研究対象が何であれ、多くの科学者にはこうした敬虔な思いを抱く瞬間があるのではないだろうか。

いかやうに人誇るとも一枚の花びらをさへ創るあたはず　田宮　朋子

この作者も「一枚の花びら」の美しさ、見事さに心をふるわせる一人である。そして、どれほど人間が知恵を誇ったとしても、一輪の花の、一枚の花弁さえ創り出すことはできないのだと思う。詠われている内容は、当たり前といえば当たり前のことだ。けれども、いかに私たちはその当たり前のことを忘れ、どんなことでもできるかのように錯覚していることだろう。人間が「誇る」ことなど何もなく、むしろ愚かさ、浅はかさでもって自然を痛めつけてきたことを思う。

知らぬこと解らぬことに充ちてゐるこれの世にわれら頭を低くせよ　森川多佳子

これは、重い障害のある弟のことを思って詠まれた歌である。作者は、生まれてからずっと言葉を発することのない彼の心に近づこうと、長年寄り添ってきた。決して先回りしたり決めつけたりせず、そのままの弟を受け入れ、静かに見守る――。そこには一人の人格を尊ぶと同時に、世界のあらゆる事柄に対する謙虚な心が感じられる。

世界は「知らぬこと」「解らぬこと」に満ちている。科学者はそれを深く心得た人たちである。一つのことを解明した瞬間、必ずその先にある未知の世界が見えてくる。科学の探究においては、「これで終わり」ということがない。優れた科学者であればあるほど、自分の研究成果が数え切れないほど多くの科学者たちの功績の上に成り立っていること、また自分の得た知識がどれほどわずかであるかを理解しているのだと思う。

科学はどこまでも進歩し続け、その都度、新しい地平がひらかれるだろう。それは、科学者のみならず、多くの人にとって喜ばしいことだ。けれども私たちは、生命誕生の不思議や宇宙の果てしなさはもちろん、身近な草花や昆虫のことさえほとんど何も知らない。「われら頭を低くせよ」という言葉は、人間の理解の及ばない領域に対して、畏敬の念を持ち続ける姿勢を指し示しているように思える。たぶんそれは、「センス・オブ・ワンダー」の最も大切な部分であるはずだ。

おわりに

自分には全くセンス・オブ・ワンダーが欠けている――。つくづく、そう思う。

二〇二三年四月、帝京大学先端総合研究機構の浅島誠特任教授を訪ねたときのことだ。数年ぶりに再会し、互いの近況も含めあれこれ雑談するうち、浅島さんが「そう言えば……」と、長机の向こうからぐっと身を乗り出した。

「この間、水深八〇〇〇メートルの海底で、魚が見つかったでしょう?」

浅島さんは目を大きく見開き、にこにこしながら「すごいですよねー。本当に驚きましたよ」と感に堪えないように言う。

私は慌ててニュースで見た映像の記憶をたぐり寄せた。「えーと、小笠原でしたっけ? なんか……ひらひらって感じで泳いでましたよね(そんなに珍しい形の魚だったかな?)」

私の返答を聞いた浅島さんは、じれったそうに「だって、八〇〇〇メートルですよ!!」と言い含めるように繰り返した。

ここに来て、ようやく私は「あっ!」と気づいた。そんなに深い海底では、どれほどの高圧が魚の体にかかっていることだろう。ふつうのスクーバダイビングでは水深三〇メートルが限度で、救難のために特殊な訓練を受けた人でも六〇メートルぐらいまでしか潜れない。八〇〇〇メートル以上の超深海では、指先ほどの面積に一トン近い圧力がかかる計算だ。想像を絶する世界であり、ひらひらと泳ぐなんてあり得ない。それなのに私は全く想像力を働かせることなく、数字だけ頭でとらえていた……。

受精卵からさまざまな器官が分化してゆく発生過程を研究し続けてきた浅島さんは、少年時代から生物の不思議さ、素晴らしさに魅せられ、今も春になると若い研究者たちと実験材料のイモリを採りに行く。この日も「地球上の一〇〇〇万種の生き物のなかで、実験動物はたったの三〇〇種。知らないことばかりです。イモリは三億年生き延びた情報量をもっていて、たかだか七〇〇万年の歴史しか持たない我々人類はとてもかなわない」と語ってくださった。優れた科学者ほど自分の知識や経験の小ささを認識していることを、私は浅島さんを最初に取材した二十年前に学んだが、今回もまた自分がいかにものを知らないか、いかに想像力が欠如しているかということを思い知らされた。

亡くなった高木仁三郎さんの『原発事故はなぜくりかえすのか』で心に残ったのも、放射性物質の特性を知る人ほど原子力施設における安全管理の難しさを知っているという事実だった。核化学を専門としていた高木さんは、自分の手で放射性物質を扱った経験から、教科書どおりの手順を踏んでいても思わぬ汚染や揮発が起こることに触れている。そして、そうした放射性物質特有のふるまいを全く知らない物理や工学系の研究者が、計算上の数値だけで原子力施設の安全性を判断する危うさを指摘した。

インターネットやSNSの普及によって、私たちは日々流れ込んでくる膨大な情報に溺れそうになっている。暮らしは便利になる一方で、たいていのことは居ながらにしてわかるような錯覚を抱くことさえある。しかし、世界は不思議な事柄に満ちており、当たり前のことなど何ひとつないのだ。

本書に収めた約三百首には、それぞれの作者が抱いたセンス・オブ・ワンダーが詠み込まれている。私の貧しい感性ではとらえられなかった世界の不思議が短歌という小さな器に盛り込まれていることに、何度読んでも感動する。本書を上梓するにあたって、まず歌人の皆様に深く感謝したい。前著『31文字のなかの科学』(二〇〇九年)を書くために歌を集めたときは、「遺伝子」「ゲノム」「クローン」「脳死」が詠まれた作品が目立ったが、今回は圧倒的に「ウイルス」や「AI」、そして「気候変動」や「絶滅」を詠んだ歌が多く、私たちの暮らしの変化、また地球の変化を突きつけられる思いだった。短歌を詠むということは、世界を言葉で切り取ることである。美を発見するだけでなく、日常に潜む人々の不安や危機感を明らかにし、時代を記録する役割も担う小さな器なのだと改めて思う。

執筆に際しては、多くの方々にお世話になった。帝京大学の浅島誠特任教授には、人間の限界や弱さを認識し、「生き物に学ぶ」大切さについて語っていただいた。「いまの若い人は情報過多。

もっと本物の自然を見ることを大事にしてほしい。そして、人間も他の生物たちに支えられていることを知るべきだ」という言葉を多くの人に伝えたい。国立研究開発法人・森林総合研究所主任研究員の藤井一至さん、阿賀野市立吉田東伍記念博物館の渡辺史生さんにはいろいろご教示いただいた。歌集『ここはたしかに』を出版してまもなく亡くなった笹本碧さんのご両親である信夫さん、恵さんは、幼い頃から自然が大好きだった碧さんのことをお聞かせくださった。また、東京新聞社会部編集委員の永井理さんにはファクトチェックをお願いし、大変助けられた。皆様のご厚意に感謝し尽くせない思いである。

内容はほぼ書き下ろしだが、毎日新聞に連載した「うたのスケッチ帳　こころとからだ」（二〇二〇年四月～二〇二二年四月）の一部に加筆したものも含めた。事実関係の誤りや不正確な表現などがあればすべて筆者の責任であり、ご海恕のうえご教示いただければ、と願っている。

今後、私たちを取り巻く環境はこれまで以上の速さで変化してゆくのだろう。歌人たちはその変化を記録すると同時に、豊かなセンス・オブ・ワンダーを持ち、世界の美しさを詠み続けてゆく。私もその一人でありたい。

二〇二三年夏　アマミホシゾラフグを思いつつ

著者

作者別・歌の索引、出典

か行

た行

ま行

や行

わ行

参考文献

第１章　パンデミック

アジア太平洋資料センター編『コロナ危機と未来の選択』(コモンズ、2021年)
現代歌人協会編『二〇二〇年　コロナ禍歌集』(現代歌人協会、2021年)
現代歌人協会編『続コロナ禍歌集　2021年〜2022年』(短歌研究社、2022年)
中屋敷均『ウイルスは生きている』(講談社現代新書、2016年)
中屋敷均『生命のからくり』(講談社現代新書、2014年)
村上宏昭『「感染」の社会史』(中公選書、2021年)
ニール・シュービン／黒川耕大訳『進化の技法』(みすず書房、2021年)

第２章　暮らしの中で

川端裕人『「色のふしぎ」と不思議な社会』(筑摩書房、2020年)
黒岩麻里『消えゆくY染色体と男たちの運命』(学研メディカル秀潤社、2014年)
柘植あづみ『生殖技術と親になること』(みすず書房、2022年)
松田洋一『性の進化史』(新潮選書、2018年)

第３章　生きものの世界

井田徹治『次なるパンデミックを回避せよ』(岩波科学ライブラリー、2021年)
NHKスペシャル取材班＋緑慎也『超・進化論』(講談社、2023年)
近藤滋『波紋と螺旋とフィボナッチ』(角川ソフィア文庫、2019年)
近藤滋『いきもののカタチ』(学研プラス、2021年)
千葉聡『招かれた天敵』(みすず書房、2023年)
中垣俊之『粘菌　その驚くべき知性』(PHPサイエンス・ワールド新書、2010年)
中坊徹次『絶滅魚クニマスの発見』(新潮選書、2021年)
藤井一至『大地の五億年』(山と渓谷社、2022年)
宮崎徹『猫が30歳まで生きる日』(時事通信社、2021年)
吉田重人・岡ノ谷一夫『ハダカデバネズミ』(岩波科学ライブラリー、2008年)
デイヴィッド・ビアリング／西田佐知子訳『植物が出現し、気候を変えた』(みすず書房、2015年)
デイヴ・グールソン／藤原多伽夫訳『サイレント・アース』(NHK出版、2022年)

第４章　美しい地球

池内了編『科学と科学者のはなし　寺田寅彦エッセイ集』(岩波少年文庫、2000年)

池内了編『雪は天からの手紙　中谷宇吉郎エッセイ集』（岩波少年文庫、2002年）
島崎邦彦『3.11　大津波の対策を邪魔した男たち』（青志社、2023年）
高木仁三郎『原発事故はなぜくりかえすのか』（岩波新書、2000年）
高木仁三郎『市民科学者として生きる』（岩波新書、1999年）
塔短歌会・東北編『3653日目　〈塔短歌会・東北〉震災詠の記録』（荒蝦夷、2021年）
藤井一至『土　地球最後のナゾ』（光文社新書、2018年）
保立道久『歴史のなかの大地動乱』（岩波新書、2012年）
渡辺史生「災害史研究のパイオニア吉田東伍」（長岡市立中央図書館文書資料室、2015年）

第5章　広大な宇宙

海部宣男『宇宙をうたう　天文学者が訪ねる歌びとの世界』（中公新書、1999年）
海部宣男『天文歳時記』（角川選書、2008年）
嶋島次郎『もしも宇宙に行くのなら』（岩波書店、2018年）
山本省三作／村川恭介監修『もしも月でくらしたら』（WAVE出版、2017年）

第6章　私たちと科学

篠田謙一『人類の起源』（中公新書、2022年）
高橋昌一郎『フォン・ノイマンの哲学』（講談社現代新書、2021年）
嶋島次郎『科学技術の軍事利用』（平凡社新書、2023年）
渡辺賢二『陸軍登戸研究所と謀略戦　科学者たちの戦争』（吉川弘文館、2012年）
マデレーン・ベーメ他／シドラ房子訳『ドナウ川の類人猿』（青土社、2020年）
ピーター・スコット・モーガン／藤田美菜子訳『ネオ・ヒューマン　究極の自由を得る未来』（東洋経済新報社、2021年）

［著者紹介］

松村由利子（まつむら・ゆりこ）

1960年福岡県生まれ。朝日新聞、毎日新聞で記者として20年余働いた後、2006年からフリーランスに。著書に『31文字のなかの科学』（NTT出版、2009年、科学ジャーナリスト賞）、『短歌を詠む科学者たち』（春秋社、2016年）、『ジャーナリスト与謝野晶子』（短歌研究社、2022年、日本歌人クラブ評論賞）など。歌集に『光のアラベスク』（砂子屋書房、2019年、若山牧水賞）など。

科学をうたう　センス・オブ・ワンダーを求めて

2023年10月25日　第1刷発行

著　者　松村由利子
発行者　小林公二
発行所　株式会社　春秋社
〒101-0021　東京都千代田区外神田2-18-6
電話　(03)3255-9611（営業）
(03)3255-9614（編集）
振替　00180-6-24861
https://www.shunjusha.co.jp/
印刷所　株式会社　太平印刷社
製本所　ナショナル製本協同組合
装　丁　伊藤滋章

ISBN978-4-393-44425-2 C0095
定価はカバー等に表示してあります

松村由利子
短歌を詠む科学者たち

最先端の研究に勤しむ科学者が古来の小さな詩型に思いを託すとき、言葉は不思議な輝きを放つ。折々に歌を詠み続けた7人の科学者の生涯をたどり、その短歌と研究を紹介する。

二四二〇円

恩田侑布子
渾沌の恋人（ラマン）
北斎の波、芭蕉の興

十七音の芸術表現を起点に、俳人の筆は縦横無尽に芸術・文学の源泉へと分け入る。なりかわり、のりうつるところに生ずる美とは。日本人の美意識の根源を探る壮大な旅。

二五三〇円

正木ゆう子
現代秀句〈新・増補版〉

言葉の絶景を味わう。現代俳句の海から掬いあげた十八句を新たに加えた、時代を超えて伝えたい二百五十四の名句。十七音の世界の可能性を無限にひらく鑑賞への誘い。

二二〇〇円

山路麻芸
万葉の女性たち

「万葉集」にその名をとどめた女流歌人をはじめ、名もなき市井の女性たちの心情や自然観、生き方が瑞々しく描かれる。古代人の歌に込められた嫋やかな抒情的世界が甦る。

一九八〇円

佐治晴夫／赤池キョウコ（イラスト）
マンガで読む
14歳のための現代物理学と般若心経

夜の暗さや光のふしぎと、人の喜びと悲しみ。科学の詩人・佐治博士がほのぼのしたマンガと素敵な文章で科学の世界から仏教の神髄へと駆け巡り、そっと教える宇宙と人生の秘密。

一八七〇円

▼価格は税込（10%）